풍의
역사

최민석 장편소설

風之歷史

풍의
역사

민음사

일러두기

1. 98쪽에서 "미군의 위신을 실추시키고~ 탄력을 받게 됨은 자명했다" 까지의 내용은 한국학중앙연구원에서 펴낸 『한국민족문화대백과사전』의 내용 일부를 참조하여 각색하였다.

2. 221쪽의 각주는 박문각에서 편찬한 『시사상식사전』을 토대로 편집 하여 기재하였다.

차례

할아버지의 이름은 '풍'이었다.

바람처럼 자유롭게 떠다니며 지내라는 의미로 붙여진 이름이다. 그는 이름대로 한평생 자유롭게 여기저기 떠다니며 지냈다. 아니 어쩌면 떠밀려 다녔다는 말이 맞는지 모르겠다. 바람은 자신의 힘으로 운동하는 것이 아니라 어디선가 나타난 무형의 힘, 즉 권력과 권력의 싸움 속에서 떠밀리어 움직이는 것이기 때문이다. 할아버지도 여기에 떠밀리고 저기에 떠밀리며 한평생 부초처럼 떠다녔다. 그렇지만, 자신의 삶을 멋진 인생이라 말했다. 할아버지는 말끝마다 '허허허' 하고 웃는 버릇이 있었는데, 그 때문에 그는 본명이 이풍임에도 불구하고 한평생 허풍으로 불리어야 했다. 따라서 나나 친구들 역시 할아버지를 부를 때면 언제나 허풍 할아버지, 허풍 할아버지라고 불렀는데, 허풍 할아버지가 들려주는 이야기에는 언제나 약간의 허풍이 가미돼 있었다.

1부

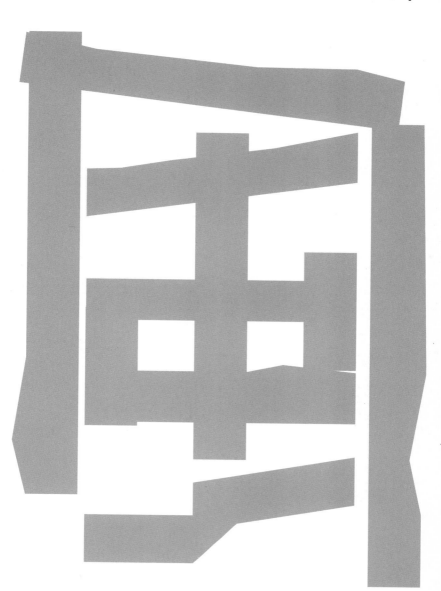

할아버지는 1930년에 태어났다. 이것도 할아버지의 말이다. 어떤 이는 할아버지가 훗날 대통령이 될 군인에게 욕을 했다 해서 그 군인과 같은 해인 1917년에 태어났다 했고, 다른 이는 할아버지의 얼굴이 나이를 종잡을 수 없어서 그렇지 실은 1940년생이거나 1950년생쯤 된다 했다. 그렇다면 내가 알기로는 나의 아버지가 1950년생인데, 어떻게 아버지와 할아버지가 동갑이 될 수 있단 말인가. 이에 대해 그 호사꾼은 사실 할아버지는 아버지의 친아버지가 아니라 친구일 뿐이며, 단지 얼굴이 늙어 보여서 아비 노릇을 하고 있을 뿐이라 했다. 물론, 이것도 진실을 확인할 수 없는 뜬소문에 불과하다. 할아버지에 관련된 이야기는 이처럼 뜬구름 같은 뜬소문이 많다. 여하튼 할아버지의 말에 따르면 할아버지는 1930년 8월 15일생이고, 훗날 이팔청춘에 돌입한 자신의 16세 생일을 축하하기 위해 우리나라가 광복했다고 한다. 물론, 믿거나 말거나다. 할아버지의 이야기는 대개 이런 식이다.

할아버지가 자신의 생일을 말할 때면 언제나 빠짐없이 등장시킨 레퍼토리가 있는데, 내 기억이 허락하는 범위 내에서 그 내용을 복원하자면 대충 이렇다.

우선, 자신이 태어난 해인 1930년에는 불세출의 영웅들이 우후죽순 격으로 여기저기서 태어났다. 일단 프랑스의 철학자인 자크 데리다가 7월 15일에 태어났고, 그보다 달포하고 보름 앞서 미국에선 클린트 이스트우드가 태어났다. 할아버지는 8월 15일에 태어난 탓에 생전 보지도 못한 자크 데리다와 클린트 이스트우드를 형으로 모셨다. 단지 자신보다 사흘 늦게 태어났다는 신동엽 시인을 시인의 입장에서 보자면 억울하기 그지없을 정도로 동생 취급했다. 그건 저기 태평양과 대서양을 넘어 스코틀랜드에서 태어난 숀 코너리의 입장에서도 마찬가지였다. 그 역시 단지 열흘 늦게 태어났다는 이유로 할아버지에게 평생 동생 취급을 당해야 했다. 물론, 숀 코너리는 자신이 태평양 건너

한 구라쟁이로부터 '개 쌍놈의 싸가지'로 불리었던 사실을 전혀 모른다. 이런 맥락에서 할아버지는 9월 8일에 태어난 베트남의 군인이자 정치가인 응우옌까오끼와 독일의 법학자 에른스트볼프강 뵈켄푀르데와 미국의 솔 가수 레이 찰스와 나이지리아의 작가 치누아 아체베를 형제처럼 여겼다. 부끄럽지만 말하자면, 할아버지는 한마디로 오지랖이 국제적으로 넓은 사내였다. 내가 할아버지로부터 들은 이야기만 옮겨도 1930년대 이후의 세계사를 모두 적어도 모자랄 판이다. 그러나 나는 당신의 뇌 건강과 적절한 몰입도 유지를 위해 일단은 이 땅의 이야기만 적을 참이다. 물론, 이 땅이라 함은 한때 조선이라 불리다가, 대한제국을 거쳐, 지금은 대한민국이 된 이 나라를 말한다.

할아버지는 귀가 밝아서 어디서건 사람들의 이야기를 잘 주워들었다. 게다가 기억력도 상당히 뛰어났다. 따라서 할아버지의 귀에 들어가서 뇌에 자리한 이야기는 절대 자신의 몸에서 휘발되지 않았다. 그것은 어느 순간 하나의 신체 기관이 되어 할아버지의 존재 자체를 규정짓는 절대적 요소가 되어 있었다. 할아버지가 기억하는 자신이 태어난 해의 주변적 지식은 이랬다.

2월 18일, 미국 로웰 천문대의 클라이드 톰보가 명왕성을 발견했다. 3월 12일, 인도의 간디가 영국에 대한 저항운동으로 소금 행진을 감행했다. 7월 13일, 역사적인 제1회 FIFA 월드컵이 우루과이에서 열렸다. 11월 2일, 저 멀리 에티오피아에서는 하일레 셀라시에 1세가 황제가 되었다. 3월 28일, 일본의 기독교 사상가 우치무라 간조가 죽었고, 1월 24일, 대한의 독립운동가 김좌진 장군이 죽었다.

잠깐, 여기서 당신이 허락해 준다면 하고픈 말이 있는데, 그건 종종 할아버지가 자신의 전생을 이야기하며 '청산리 전투'나 '광복단' 같은 단어를 언급한다는 것이다. 할아버지의 표현에 의하면, 자신은 전생에 김좌진 장군이었으며 너무나 혁혁한 공을 세우느라 심신이 지쳐 1월 24일에 사망한 뒤, 약 7개월 20여 일간의 휴가를 마치고 이 땅의 역사를 책임지기 위해 다시 태어났다는 것이다. 물론, 이 역시 어디까지나 할아버지의 이야기다.

참고로, 좀 앞서 나간 이야기지만 그해 노벨 물리학상의 상금은 인도의 찬드라세카라 벵카타 라만의 안주머니로 쏘옥 들어갔다. 휘리릭. 그는 인도의 타밀나두 주(州) 티루치라팔리에서 태어났고, 자신의 연구 "빛의 산란에 대한 연구와 라만효과 발견"에 대한 공로로 노벨 물리학상 수상자가 됐다.

찬드라세카라 벵카타 라만

할아버지는 한평생 찬드라세카라 벵카타 라만을 부러
워했는데, 그건 순전히 한 여인 때문이었다. 그 이야기는
나중에 하겠다.

다시 이야기로 돌아오자면, 그해 일본에선 11월 14일
하마구치 수상이 피격을 입었고, 대만에선 10월 27일 일
제에 항거한 타이완 섬 원주민들이 우셔 사건을 일으켰
고, 조선에선 10월 14일, 함흥공립상업학교 학생들이 격
문을 살포하며 만세 시위를 벌였다.

우린 여기서 한 번 쉴 필요가 있는데, 이 대목에서 할
아버지의 주변적 지식은 생활의 지식으로 전이되기 때문
이다. 할아버지는 가끔씩 1930년을 자신도 모르게 '쇼와
(昭和) 5년'이라고 버릇처럼 말하고선 쓴 표정을 짓곤 했

다. 말하자면, 할아버지는 1930년을 쇼와 5년이라 부르라고 목젖까지 들이민 칼에 떨며 자란 세대다.

할아버지의 이야기, 즉 '풍의 역사'는 1930년부터 시작된다.

1

1930년 8월 15일 새벽, 서쪽 바다의 한가운데에 떠 있는 중도(中島)엔 안개가 자욱하게 깔렸다. 신은 한 세상의 역사를 음지에서 작동시킬 인물을 세상에 보낸 채 아무런 기색조차 않는 게 미안했는지, 증발되려는 새벽이슬을 잠시 붙잡은 채 '풍'의 역사가 시작됨을 암시했다. 그 안개는 일상의 범주에서 흔히 발견되는 습기의 집합체가 아닌 한 나라와 세계를 움직일 인간의 탄생에 대한 전조였던 것이다.

섬을 삼킬 듯한 안개에 형체조차 알아볼 수 없는 집이 있었으니, 여인은 만삭의 배를 천장으로 향한 채 꿈속에 빠져 있었다.

꿈속에선 한 소년이 돛단배를 타고 유랑했다. 뚜렷한

목적지나 정처도 없이, 소년은 바람이 이끄는 대로 움직이는 돛단배에 몸을 맡긴 채 생을 굴렸다. 항구에 갔고, 망망대해에 머물렀고, 육지로 갔다. 나라를 바꿔 가며 생을 채색했고, 왕을 바꿔 가며 역사를 썼다. 소년은 사막 같은 밤바다의 검은 물결 위에 고독하게 누워 바라보는 별만으로도 미소를 잃지 않았다. 그럴 때면 언제나 밤바람이 소년의 머리칼과 눈썹 하나하나까지 애무해 주는 기분이 들었고, 소년은 그것만으로 삶은 충분히 가치 있다고 여겼다. 그렇다 해서 소년이 삶의 모든 것에 애착 없이, 바람 속에 모든 감정을 실어 보낸 건 아니다. 비록 하나였지만, 소년에게도 애정으로 간직해 온 것이 있었다. 그것은 형태도 없고 향기도 없고 손에 잡히지도 않는 것이었다. 그것은 바로 이야기였다. 소년은 자신의 이야기를 사랑했고, 사람들에게 자신의 이야기를 들려주는 걸 사랑했다. 소년이 바람에 이끌려 다니듯, 소년의 이야기 역시 바람을 타고 세상 곳곳을 떠돌았다. 그리고 마침내 소년의 이야기가 세상의 끝에 다다랐을 때 소년은 어느덧 노인이 되어 있었다. 노인이 된 소년은 한평생을 함께해 온 돛단배에 누워 다시 어둡게 채색된 지구의 천장에 박힌 별들을 바라보았다. 그리고 소년은 바람을 이불 삼아 영원히 깨어날 필요가 없는 긴 잠에 빠졌다. 바람이 소년의 돛단배를 해먹처럼 부드럽게 흔들어 주었다.

꿈에서 깬 여인은 태몽이라는 걸 확실히 알아챘다. 그도 그럴 것이 깨자마자 진통이 시작됐기 때문이다. 이것이 할아버지의 긴 이야기가 시작된 서막이다. 그러나 여인은 자신의 아들을 선사하며 신이 일러 준 태몽이 축복인지, 저주인지 이해할 수 없었다. 그것은 누구에게나 마찬가지였다. 답은 단지 그 생을 살아온 풍만이 알 뿐이었다.

풍이 중도에서 첫울음을 터뜨린 후, 10년이 지나자 세상은 풍이 엄청난 동안이라는 의견과 엄청난 노안이라는 의견으로 갈리었다. 어찌 그런 게 가능하느냐고 나에게 묻지도 말고 따지지도 말기 바란다. 일단은 당시, 주변 사람들의 증언을 들어 보자.

먼저, 마을에서 미소년을 탐하기로 소문난 과부 정씨(30세)의 말이다.

―고 녀석, 아주 실했지. 이 동네 이사 와서 녀석을 처음 봤을 때 오금이 저리더라니까. 키가 청년처럼 컸으니까, 멀리서 볼 때는 당연히 이 동네 괜찮은 청년이다 싶었

지. 저 멀리서 훤칠한 청년이 한 걸음씩 성큼성큼 다가오
는데, 아 그만 오줌을 지릴 뻔했다니까. 근데, 에게게, 가
까이서 보니까 얼굴이 미성년자인 게야. 그래도 나는 열
일고여덟은 되는 줄 알았지. 나도 모르게 눈웃음을 그 청
년에게 흘리고 있더라고. 청년도 내게 한쪽 눈을 찡긋하
더라니까. 어찌나 심장이 방망이질을 하던지. 심장이 유
방을 뚫고 터져 나오는 줄 알았네. 근데, 나중에 풍이 고
녀석이 열 살이라는 이야기를 듣고서, 내 얼굴이 어찌나
화끈거리던지…….

이에 반해 마을 노인 중의 노인, 김천지 어르신(100세)
은 이렇게 말했다.
─담배를 한 대 달라고 하더라고, 에취, 내가 15년 전
부터 눈이 침침해서 사실 사람 머리인지 수박인지 좀 구
별을 못하긴 하는데, 에취, 그래도 목소리 하나는 기가 막
히게 알아내거든. "담배 한 대 줘 봐"라고 하는데, 나는
동갑내기 박 영감인 줄 알았어. 에취취, 그 목소리가 한
80년은 담배를 입에서 떼지 않고 피워 온 사람 같았거든.
그나저나 내가 담배를 건네니까, 그러더라고. "인생 참 빨
라. 허 참."

여섯 살 금순의 고백은 또 어떠한가.

—말도 안 돼! 풍이가 열 살이라니. 잉잉잉. 풍이는 나이를 속인 거야. 이잉이잉. 풍이는 내 친구라고! 풍이는 나랑 결혼까지 약속했단 말이야!

도대체, 이 풍이란 인간은 어찌 되었기에 여섯 살부터 백 살까지 오해하는 것이 가능하단 말인가. 정리하자면 이렇다. 일단 풍은 당시 열 살이 맞았다. 그러나 그의 미소는 여섯 살이 아니라, 갓 태어난 아기라 해도 무리 없을 만큼 해맑았다. 그랬기에 여섯 살 금순이의 마음을 깨뜨리기에 장애가 없었다. 동시에 풍의 체구는 거인증이 아닐까 싶을 정도로, 열 살 때 이미 청년의 체구를 띠고 있었다. 그랬기에 서른 살 과부 정씨의 심장을 요동치게 만든 것이다. 아울러, 풍은 심정에 따라 표정을 바꾸는 것은 물론이거니와 마치 가면을 바꿔 쓰듯 얼굴을 바꿔 썼다. 어떻게 그게 가능하냐고 반문한다면, 풍이 나중에 생활 속에서 처하는 영화 같은 상황에서 능숙한 연기를 선보인다는 사실을 미리 귀띔해 두겠다. 그는 눈빛과 표정은 물론, 미세한 눈썹과 입술의 실룩거림까지도 뛰어나게 관찰해 표현해 냈다. 목소리는 두말할 나위 없었다. 그렇기에 김천지가 박 영감이라 오해할 수 있었던 것이다. 그나저나, 왜 열 살인 풍은 김천지에게 담배를 달라고 했을까. 이에 대해서 말하자면, 풍은 고작 열 살이었으나 그 나이를 자신조차 잊을 정도로 어른이 되어 있었다. 웬만한 어른 행세는 물론 연애질까지 가능했으니, 음주나 담배는 아무것도 아니었던 것이다.

여하튼 세상사 모두 팔자 탓이고, 자신이 택한 길에 대한 결과물이라 했던가. 다름 아니라, 나이를 종잡을 수 없는 풍의 외모와 풍채, 아울러 그의 행동으로 인해 이제 그는 휘몰아치는 개인사의 소용돌이 속으로 빨려 들어가게 된다.

2

때는 바야흐로 1944년 봄, 열다섯 살의 풍은 이제 누가 보아도 온전한 성인처럼 보였다. 웬만한 어른을 넘어서는 키하며, 짙은 눈썹, 검고 풍성한 머리숱, 장정이라 해도 의심할 여지가 없는 벌어진 어깨, 바위처럼 갈라진 허벅지, 큼직한 코와 깊게 팬 인중, 붉고 빛나는 입술, 고작 열다섯 살밖에 안 된 풍이 벌써부터 이러한 풍모를 지녔으니, 중도 주민이 아닌 외지 사람들이 보면 그 누구도 풍을 열다섯 살로 간주할 수 없을 지경이었다. 허나 먼저 설명했듯이 얼굴만은 찬찬히 뜯어보면 기이하게도 앳된 매력을 뿜어내고 있었으니, 특히 갓 태어난 아기의 눈동자처럼 그의 눈은 세상의 슬픔과 고통, 고뇌, 번민, 추악함 따위는 단 한 번도 접한 적이 없는 듯 깨끗한 빛을 발하고 있었다. 어찌 됐든 나이에 걸맞지 않은 체격과 풍모 덕에 또래는 물론, 네댓 살 많은 형들도 풍이 하는 말에는 그저 고개만 끄덕일 뿐, 그 누구도 트집을 잡거나 토를 달지 못했다. 게다가 동네 한량 일당인 마성파로부터는 부러움을 넘어선 질투까지 한 몸에 받고 있었다.

여기서 잠깐, 설명이 필요한데 일명 마성파라 불리는 이 동네 한량들은 공식적으로 '중도 청년회'라는 그럴듯한 이름을 가지고 있었다. 이들은 간간이 야간 순찰을 하면서 일상 수준에서 발생할 수 있는 사소한 골칫거리들, 즉 국밥집에서 무전취식을 하고 행패를 부리는 자, 돈을 빌려 가고 갚을 생각을 전혀 하지 않는 자, 화투판에서 싸움을 벌인 자들이 일으키는 문제를 민간 차원에서 해결했다. 일견, 이 조직은 마을의 치안과 질서 유지에 힘쓰는 것처럼 보이지만 여기에는 문제가 있었으니, 이 조직을 이끌고 있는 인물이 '앞잡이'라고 불리는 것에 주목할 필요가 있다. 왜 주민들이 그자에게 '앞잡이'라는 별명을 붙였는가 하면, 중도 청년회라는 가면을 쓴 마성파라는 이 조직은 일본 순사 우치다와 결탁돼 있었기 때문이다. 수면 위로는 마성파와 우치다 사이의 그 어떤 연결 고리도 드러나지 않았으나, 수면 아래로는 우치다와 마성파가 굳게 손잡고 있었다. 마을 전체를 통제하고 관리하는 우치다는 마을을 자신의 손에 쉽게 넣기 위해 일단 앞잡이에게 공식적인 임무 — 예컨대, 야간 순찰과 분쟁 해결 따위 — 를 맡겼다. 물론, 외견상 이 순찰 업무는 마성파가 마을의 치안 유지를 위해 자발적으로 하는 형태를 띠었지만, 어디까지나 마을 내에서 물리적 권력을 행사하기 위한 구실에 지나지 않았다. 이들은 실제로 자신들이 획득한 물리적 권력을 불필요한 곳 — 이를테면, 분쟁 해결 중 과도한 폭력을 행사하거나, 도박판을 벌인 자를 자체적으로 벌하는 일 — 에도 사용했다. 우치다는 마성파가 마을의 질서 유지권을 행사하는 과정 중에 어떠한 악행을 저지르더라도 묵인하였고, 우치다의 비호와 묵인 아래 마을은 마성파의 통제하에 놓이게 되었다. 물론, 마성파가 우치다의 수하에 있었음은 두말할 나위 없다. 이러한 식으로 우치다는 마성파를 통해 마을을 장악

하고 있었다.

그런데, 왜 풍은 마성파의 질투를 한 몸에 받았던 것일까. 여기서 나는 말하기에 다소 민망함을 느끼는데, 그것은 마성파가 공식적으로는 마성(魔性), 즉 마력 같은 힘으로 마을을 지킨다는 의지를 드러내고 있었으나, 실상으로는 마성(馬性), 즉 말의 성기와 같은 크기를 추구한다는 뜻이었기 때문이다. 앞서 마성파가 동네 한량들로 구성되었다고 말한 것은 자신들의 그것이 말의 그것에 버금간다고 느낀 한량들이 하나둘씩 모여들어 특정 활약상을 늘어놓다가 결성됐기 때문이다. 그렇다면, 마성파가 풍을 시기했다는 사실을 근거로 유추해 볼 때 우리는 내밀한 결론을 얻을 수 있는데······. 그렇다, 풍의 그것 역시 도저히 열다섯의 것이라고는 믿기 어려울 정도로 마을에서 으뜸갔다. 이쪽으로 이야기를 펼친다면, 이 기록은 '풍의 역사' 외에, '풍의 음란 역사'란 제목으로 별도로 네댓 권 분량이 나올 수 있으나 독자들은 부디 참으시길. 이 책은 그런 책이 아니거니와, 나는 할아버지를 존경하는 마음에서 이 글을 기술하고 있으니. 어쨌거나 저쨌거나, 그러한 신체상의 이유로 풍은 마성파의 우두머리인 앞잡이로부터 심한 질투와 시기를 받고 있었고, 아니나 다를까 마침내 이 둘이 격돌하는 사건이 발생하고야 만다.

1944년의 봄도 봄은 봄인지라, 찔레꽃 향이 마을 곳곳에 퍼져 있었다. 굳이 코를 킁킁거리며 그 냄새를 맡지 않더라도, 누구나 허리가 뭉근해지고 아랫도리가 빳빳해지는 계절이었다. 여인네들은 치맛자락을 살짝 들어 올려 복사뼈가 보이게끔 살랑살랑 걸었으며, 햇살이 여인네의 뒷모습을 실루엣처럼 비출 때면 뭇 청년들은 신체한 부분을 부여잡고 어딘가로 달려가 낑낑대며 수음을 하곤 했다. 꽃도 짝짓기를 하는 시기인지라 공기 중에는 하얀 꽃가루가 떠다니며 코와 마음을 간질간질하게 만들었다. 풍 역시 마음에 두고 있던 여인, 밤이 있어 수시로 몸이 노곤해지고 가슴이 간질간질해졌다. 그런데, 왜 '밤'인가?

　　그녀에겐 '수선'이라는 어엿한 이름이 있었지만, 풍은 누구나 다 부르는 이름으로 그녀를 부르고 싶지 않았다. 연인이라면 누구나 그러하듯, 풍 역시 자신만의 애칭으로 그녀를 특별히 부르고 싶었다. 당시엔 아직 '허니', '베이비', '자기' 따위의 말들이 유행하기 전이었던지라, 그 나름대로 고심한 결과 '밤톨처럼 귀엽고 얼굴이 동그랗다' 하여 '밤'이라 부르기 시작한 것이다. 물론 이 역시 맞는 말이지만, 잠시 신에게 귀띔을 들은 나는 훗날 그녀가 풍에게 자신을 쉬이 허락하지 않았고, 그래서 그 몸이 밤 껍질처럼 단단하다 하여 붙인 애칭이라는 사실을 뒤늦게 알았다. 이 대목만 봐도 알 수 있듯이 풍은 이때부터, 모든 것이 표면에 드러나는 이름이나 이야기보단 내면적으로 다르게 해석될 수 있는 이중 구조를 좋아했다.

뭐, 그건 그렇고, 밤의 마음은 어떠했을까. 밤은 풍보다 한 살이 많았지만, 이팔청춘이 그러한지라 이미 자신보다 훌쩍 성숙해 버린 풍을 남자로 보지 않을 재간이 없었다. 밤 역시 풍에게 마음을 스리슬쩍 반쯤 도난당한 상태였다 (어머머). 아닌 게 아니라 이때 당시 여든 노파를 빼고는 마을의 모든 여성이 죄다 풍에게 설렜다 해도 과언이 아니었다. 아니, 여든 노파도 시간을 30년만 되돌릴 수 있다면 풍 앞에서 엉덩이를 흔들며 걷고 싶을 정도로 풍의 인기는 절대적이었다. 그러니 뭇 남성들이 시기했음은 물론이거니와, 마성파 이리 떼들이 호시탐탐 노리고 있었음은 당연지사였다.

봄바람에 내리는 벚꽃이 눈처럼 시야를 뒤덮은 밤, 풍은 주머니 깊숙이 편지를 품고 개울가로 가고 있었다. 휘영청 떠오른 달에 구름이 은은히 걸쳐져 있었고, 풍은 기분이 몹시 좋았다. 풍경도 풍경이었지만, 누군가를 생각하며 편지를 쓴다는 것이 이토록 기분 좋을 줄 미처 몰랐던 것이다. '밤'을 생각하면 풍의 입가에 웃음이 새벽안개처럼 내려앉았고, 그 웃음은 해가 뜨고 달이 떠도 떠나지 않았다.

풍은 밤으로 인해 미처 발견하지 못한 새로운 자신을 만났다. 예전에는 눈을 뜨자마자 고봉밥 세 그릇을 뚝딱 해치우던 그였지만, 이상하게 눈을 뜨자마자 밤이 궁금해 미칠 지경이었다. 고작 물만 마셨을 뿐인데, 숨을 내뱉을 때마다 식욕도 빠져나가는지 밥 생각이 전혀 나지 않았다. 밤 생각뿐이었다. 어쩌다 밥을 먹어도 전혀 먹은 것 같지 않았고, 몇 술 뜨다 보면 이내 밤 생각에 더 먹질 못했다.

이때부터 풍은 야위어 가기 시작했다. 아니, 원래 덩치가 크고 식욕이 왕성했던지라, 사랑에 빠진 풍은 군살이 빠지기 시작했다. 그 탓에 풍은 한껏 더 멋진 청년으로 성장해 갔고, 이는 밤 역시 마찬가지였다. 서로의 마음을 알지 못한 풍과 밤은 자신의 마음을 전하지 못한 채, 더욱 멋있고 아름다운 선남선녀가 되어 갔다. 그러나 사랑에 빠지면 예뻐지고 멋있어진다는 것은 사실 사랑에 빠지면 식욕을 억제하는 호르몬인 도파민과 노르에피네프린이 분출되기 때문이었고, 사랑의 열정을 지속시켜 주는 호르몬인 암페타민 역시 이제 막 분비된지라 아직 내성이 생기지 않았다. 그건 그렇지만, 놀라운 사실은 18개월에서 30개월이면 그 누구라도 열정을 지속시키는 문제의 호르몬, 즉 암페타민에 내성이 생겨 온종일 쫄쫄 굶어도 배고픈 줄 모르게 만들었던 상대도 시시한 일상의 병풍으로 격하시켜 버리기 마련인데, 풍에게 그런 일은 일어나지 않았다. 전혀. 어찌 보면 풍은 도파민과 노르에피네프린이란 사랑의 호르몬에는 가장 무력하게 항복했지만, 암페타민에게만은 결코 굴복하지 않았다.

여하튼 풍은 우연히라도 밤을 마주치면 이내 못 참고 몇 걸음 못 가 밤을 향해 뒤돌아봤고, 그럴 때면 언제나 약속이라도 한 듯 밤과 눈이 마주쳤다. 풍은 뭔가 들킨 듯이 얼굴이 벌게져 다시 고개를 앞으로 돌렸고, 언제나 고개를 돌리자마자 곧장 후회했다. 매번 밤과 눈이 마주치면 웃음을 지어 보려 했지만, 막상 눈이 마주치면 온몸이 얼어붙은 듯이 경직되고 말문이 막혀 버렸다. 풍은 미칠 듯이 괴로웠다. 이런 자신이 너무 싫어 편지를 쓴 것이다.

물론 편지는 감히 자신의 입으로는 읽을 수조차 없는 유치하고 낯 뜨거운 문장들 일색이었다.

복사꽃보다 향기롭고, 달빛보다 빛이 나는 그대여! 내

비록 이 생이 얼마나 지속될지 알 수 없으나, 신이 허락하는 한 이번 생은 언제나 그대와 함께하리라!

그러나 이 문장들은 자신에게 건네는 다짐이었고, 자신의 마음을 눈으로 확인할 수 있는 유일한 실체들이었다. 자기 마음의 증거들을 가슴에 품고 풍은 산들바람이 부는 개울가로 가고 있었다. 개울가로 나와 줄 수 있느냐는 말을 꺼냈을 때를 생각하면 부끄러움에 화끈해져 미칠 지경이었지만, 아무리 생각해도 그건 자신이 이때껏 한 일 중 가장 잘한 일이었다.

수선, 아니 밤은 개울가의 편평한 바위에 앉아 발로 물을 차며 풍을 기다렸다. 풍이 오는 길에 내렸던 벚꽃 잎이 밤이 기다리는 개울가에도 공평하게 내렸다. 풍이 기분이 좋아졌듯, 수선, 아니 밤 역시 기분이 좋아지고 말았다. 먼저 고백하지 못해 끙끙 앓아야 했던 대상이 쭈뼛거리며 "개울가로 나올래?"라고 물었을 때, 밤은 그만 소리를 지를 뻔했다. 키는 머리 하나 차이 이상으로 크고 비록 한 살 차이이긴 했지만, 어찌 됐든 풍은 연하가 아니던가. 마침 자신이 먼저 고백을 해야 하나 말아야 하나 한 달이나 초민하던 차였다. 그런 풍이 보름달 뜨는 날 개울가에서 만나자 했으니, 밤은 그대로 나비가 되어 날아가고 싶었다(나풀나풀). 그 탓인지, 사랑에 빠진 밤의 뇌는 도파민과 노르에피네프린을 분수처럼 분출시켰고, 겨드랑이는 사랑에 빠진 이에게서만 나온다는 이성을 유혹하는 향기, 즉 '페로몬'을 뿜어내고 있었다. 풍을 기다리며 풍과의 만남을 상상한 밤은 차디찬 개울물이 발에 닿자 달콤하고 야릇한 상상이 자신을 덮치는 것을 느꼈다. 그 탓에, 페로몬은 이제 꿈틀대기를 넘어서 스멀스멀 새어 나오더니, 벚꽃 잎이 땅을 하얗게 뒤덮을 즈음엔 아예 성령 충만한 자의 방언처럼 터져 나오기 시작했다. 그 덕에, 그녀의 주변에는 사랑의 향기가 가득하게 되었다. 만약 적외선 안경처럼 페로몬 향을 붉은색으로 식별할 수 있는 특수 안경을 끼고 본다면 밤의 주변은 온통 붉은색으로 보일 지경이었다. 자연의 모든 이치가 인간의 뜻대로만 작동되지 않는다는 것을 신이 알려 주려 했던 것일까. 짝짓기의 계절인 봄인지라, 수분(受粉)을 위해 꽃가루를 운반하던 바람은 밤의 페로몬 향까지 운반하고야 말았다.

물론 그 바람은 풍의 길에 도달하여 그의 발걸음을 들뜨게 만들었으나, 이보다 일찍 바람이 당도한 곳이 있었으니 그곳은 바로 인간 이리 떼, 즉 마성파 일당의 콧구멍이었다. 운명의 신은 얄궂게도 풍보다 가까운 곳에서 마성파가 야간 순찰을 돌게 하고 있었다. 사실 모든 불행의 본질에는 시차가 존재했으니, 우리가 사랑을 놓치고 부모를 잃고 만시지탄하는 것도 따지고 보면 다 깨달음과 행함의 시차 탓 아닌가!

요상한 향기에 콧구멍이 벌어진 앞잡이는 상스럽게 침을 꼴깍 삼키며 말했다.

— 히히. 어디선가 요분질의 향기가 난다.

앞잡이는 희번덕거리는 눈으로 '중도 청년회'라는 가식적인 이름을 가진 이리 떼들에게 더러운 욕망의 신호를 타전했다. 불순 도당 역시 본능적으로 강렬하게 실려 오는 페로몬 향에 마성(魔性), 아니 마성(馬性)이 불뚝거림을 느꼈다. 이들은 일제히 코를 킁킁거리며 바람의 근원지를 향해 촉각을 곤두세웠다. 바람이 소리까지 운반한 것일까. 아니면, 이쪽 일에 관해서라면 신체의 모든 기관을 동원해서라도 집중력을 발휘하는 이리 떼의 습성 때문일까. 이들의 악마적 본성은 자신들의 몸을 바람의 근원지인 개울가로 이끌기에 충분했다.

밤은 이미 사랑에 빠질 모든 준비를 마쳤다. 멀리서 들려오는 미세한 발걸음 소리에 그만 마음의 성벽이 급속도로 허물어지고 있었다. 단 하나의 발걸음이 서서히 커져 옴을 느꼈고, 밤은 자신의 존재를 알리기 위해 개울물을 야릇하게 발로 찼다. 그럴수록 밤의 몸은 움직였고, 그럴 수록 밤의 겨드랑이에서는 페로몬이 깨진 박의 물처럼 줄 줄줄 흘러나왔다. 물론, 그 페로몬을 가장 먼저 느낀 것 은 바로 유일한 발걸음 소리를 내고 있던 '앞잡이'였다. 여기서 우리는 그가 왜 '앞잡이'로 불렸는지 다시 한 번 살펴볼 필요가 있다. 상술했듯이 외부적으로는 그가 일 제의 앞잡이 노릇을 한다고 붙여진 경멸의 표현이었으 나, 실상은 마성파가 그 창립 취지에 걸맞은 '행사'를 거 행할 때 오직 그만이 한적한 길로 유유히 걸어갔고, 나머 지 이리 떼들은 숨소리마저 죽인 채 인근 숲이나 나무 뒤 로 몸을 숨기며 접근했기 때문이다. 말하자면, 그는 외부 적으로나 내부적으로나 언제나 '앞잡이'였던 것이다. 물 론, 밤이나 낮이나 쉴 새 없는 '앞잡이'였던 것 역시 자명 한 사실이다.

기대에 차 개울물을 발로 차며 풍을 기다렸던 밤은, 자 신의 눈앞에 나타난 남자가 기분 나쁘게 마르고 눈 밑에 긴 흉터까지 있는 사내라는 사실에 본능적인 위기감을 느 꼈다. 자신도 모르게 두 손으로 팔과 가슴을 감싸 안으며

34

움츠렸다. 어머머. 강자에게 약하고, 약자에게 강한 자들이 대개 그렇듯, 앞잡이 역시 상대가 자신에게 공포를 느끼고 있다는 사실을 깨닫자, 그는 이 상황을 즐기고 싶어졌다.

— 땅에 떨어진 벚꽃보다 아가씨 종아리가 예쁘구먼.

밤은 이 말에 모멸감을 느꼈는데, 이때 그녀의 뇌는 도파민으로 흥건히 젖어 있었다. 사랑에 빠지면 분비되는 도파민은 공격성을 증가시키기 때문에, 그녀는 평소에는 상상조차 해 본 적 없는 공격적인 말을 내뱉고야 말았다.

— 더러운 몸을 씻으러 온 게 아니라면, 어서 썩 꺼져 버려! 이 썩은 멸치 대가리야!

멸치 대가리라니. 비록 강자 앞에서 갖은 수모를 겪고 권모술수와 아부만으로 마성파 우두머리에 오른 앞잡이였지만, 어린 여성의 모욕마저 넘겨 버릴 순 없었다. 아니, 이런 모욕에 더욱 흥분하는 앞잡이였다. 그는 잔악한 웃음을 지으며, 벨트를 풀었다. 그리고 벨트를 푸는 소리가 들리자, 어둠 속에서 소리도 없이 수십 개의 눈동자가 나타났다. 이리 떼였다. 자신들이 인간의 탈을 쓴 이리 떼라는 것을 스스로 방증하듯, 밤중에 나타난 인간 이리 떼에게선 불타오르는 눈빛만 보일 뿐이었다. 밤은 이 괴기

스러운 광경에 기함을 하며 손으로 땅을 짚으며 뒷걸음질 쳤다. 자신의 존재로 인해 먹잇감이 약해졌다는 것을 확인한 앞잡이는 벨트를 채찍처럼 땅에 치며 한 걸음씩 밤에게 다가섰다. 어느덧 바지춤을 잡고서 어둠 속에서도 자신들의 몸을 전부 드러낸 이리 떼를 보자, 밤은 두려움에 계속 이를 부딪치며 떨었다. 딱딱딱.

풍은 달리기 시작했다! 비록 한 번도 들어 본 적 없는 비명이었지만, 사랑에 빠진 남자의 직감은 그것이 밤의 외침이라고 강변했다. 풍은 자신의 이름대로 바람처럼 달렸다. 머리카락이 바람에 날렸고, 바짓단이 바람에 날렸고, 옷고름이 바람에 날렸다. 그리고 며칠간 써 온 편지도 바람에 날렸다. 숨을 내몰아 쉬며 개울가에 도착했을 때, 풍은 상황을 판단할 여유 따윈 가질 수 없었다. 본능적으로 검은 무리의 불순 도당 열여섯 명을 일망타진했다.

그는 이후에 휘몰아칠 무수한 전쟁의 소용돌이에서 살아남고도 남을 것이라는 것을 여기서 예감했을까. 아니면 단지 눈앞에 사랑하는 여인이 겁탈당할 위기에 처했기에 잠재된 괴력이 발휘된 것일까. 무엇이 정답인지는 아마 풍 자신도 모를 것이다. 어찌 됐든 풍은 뛰어올라 가장

먼저 눈에 띈 이리 두 마리의 목을 발로 가격했다. 전광석
화 같은 일침으로 바닥에 꼬꾸라진 두 마리의 이리는 동
공이 튀어나올 듯 눈이 시뻘게진 채, 켁켁거리며 겨우 숨
만 내쉬었다. 순간 나타난 한 불청객의 소동으로 찬물을
뒤집어쓴 나머지 이리 떼 열네 명이 동시에 풍에게 달려
들었다. 여기서 할아버지는 중요한 말을 할 때면 짓는 특
유의 표정으로 진지하게 설명을 했는데, 그에 따르면 자
신의 왼쪽 다리에 세 명, 오른쪽 다리에 세 명, 왼팔에 세
명, 오른팔에 세 명, 그리고 목과 머리에 각각 한 명씩 달
라붙었다는 것이다. 그런데 자신도 믿을 수 없는 어떤 우
주의 힘이 육체에 순간적으로 불길처럼 임하더니, 그 뜨
거운 불길을 주체할 수 없어 온몸을 펼치는 순간 양팔과
양다리와 목과 머리에 붙었던 이리 떼 열네 명이 마치 추
풍낙엽처럼 후두둑 땅에 떨어져 벚꽃 잎과 함께 나뒹굴고
야 말았다고 했다.

자, 이제 남은 것은 앞잡이뿐이었다. 앞잡이는 꼴사납
게 드러난 엉덩이를 감추려 허겁지겁 바지춤을 올리고 있
었으나, 이땐 이미 총알보다 더 빠른 풍의 발길이 앞잡이
를 강타한 후였다. 동시에 온 우주가 요동칠 듯 마른하늘
에서 벼락 치는 소리가 났으나, 이미 식물인간처럼 땅에
드러누워 꼼짝 못하고 하늘만 봐야 했던 이리 떼 그 누구

도 실상 벼락을 보지 못했다. 그 벼락은 앞잡이의 몸에서 만 치는 것이었다. 그는 몸에 백만 볼트의 전류가 흐르는 듯한 끔찍한 충격을 맛봐야 했고, 고자가 되어야 했다. 이렇게 하여 앞잡이는 마성파의 우두머리이면서도 그 창립 취지에 어긋나는 형편없는 꼴이 되고야 말았다. 마성을 추구하는 '중도 청년회' 사상 최초의 고자 두목이 탄생한 것이다.

그나저나, 밤은 어떻게 됐냐고? 걱정 마시라. 비록 그녀가 공포에 떨긴 했으나, 때마침 등장한 풍의 활약으로 이리 떼 그 누구도 그녀의 털끝 하나 건드리지 못했다. 시체처럼 쓰러져 신음하는 이리 떼와 고추 농사에 실패한 농부처럼 고추를 부여잡고 눈물을 흘리는 앞잡이를 배경으로, 풍은 고백을 했다.

— 미안해, 늦어서. 하, 할 말이 많아서, 하고픈 말이 많아서……. 어쩔 줄 몰라서, 글로 써 왔어. 그래서 늦었어.

풍은 품 안을 뒤졌다. 그러나 그의 생이 바람 속에 무수한 것을 떠나보내야 했듯, 편지 또한 바람의 결에 떠내려가 미지의 장소에 불시착해 있었다. 물론, 그런 것은 이제 밤에게 아무런 문제가 되지 않았다. 밤의 눈동자는 연분홍빛을 띠고 있었다. 지천에 연분홍빛 벚꽃 잎이 떨어져 있기 때문이기도 했지만, 만약 그곳에 벚꽃 잎이 단 한

송이도 없었다 해도 밤의 눈동자는 사랑의 분홍빛을 스스
로 발하고 있었을 것이다.

*

땅에 떨어진 벚꽃은 바람에 쓸려 어딘가로 가 버렸고,
땅에 떨어진 앞잡이의 수치는 계속 길바닥을 뒹굴어 다
녔다. 앞잡이는 마치 뒹구는 자신의 수치를 주워 담으려
는 듯 고개를 숙이고 걸어 다녔다. 예전처럼 앞장서 야간
순찰을 돌지도 않았고, 당연하지만 허울뿐인 동네 싸움에
도 관여하지 않았다. 사실, 할 수가 없게 되었다. 사람들
은 낄낄거리며 대화 꽃을 피우다 앞잡이가 고개를 숙인
채 나타나면, 헛기침을 하거나 대화를 싹둑 끊어 버렸다.
뜬금없이 어색하게 자른 대화를 땜질하듯 잇기도 했는데,
이 모든 행동들이 앞잡이의 고개를 더욱 들 수 없게 만들
었다. 이제 앞잡이의 이야기는 동네 꼬마들의 우스갯소리
부터 동네 어르신들의 안줏거리에까지 빠지지 않고 등장
하는 소재가 되었다.
　마성파도 앞잡이의 추락으로 인해 차츰 그 세력을 잃
게 되었고, 일격을 당한 이리 떼들 역시 고개를 들지 못함
은 매한가지였다. 앞잡이는 마을 분위기가 이대로 지속되

었다간, 마성파의 우두머리 노릇은커녕 마을에서 앞으로 살아갈 수 있을지조차 걱정됐다. 그러나 앞잡이가 누구인가. 한평생 주먹이나 실력과는 상관없이, 오로지 권모술수와 잔꾀만으로 마성파의 두목 자리까지 꿰찬 인물이 아닌가. 그는 고개를 떨어뜨린 채 걷다가, 번뜩 생각을 떠올렸다.

— 음. 군따이나노까?(음. 군대란 말인가?)

우치다는 집무실에서 콧수염을 쓸면서 반문했다. 그의 어깨 너머 벽 한쪽에 일장기가 걸려 있었고, 다른 한쪽에는 천황의 사진이 걸려 있었다.

— 네. 천황 폐하의 신민으로서 한 번이라도 충성하게 해 주십시오.

앞잡이는 일생일대의 결심을 한 듯 굳은 표정으로 말했다.

— 다레오 오쿠루토이우노까?(누구를 보낸단 말이야?)

우치다는 다소 의심스런 눈빛으로 물었다.

— 대동아제국의 건설을 위해 충성으로 다짐한 중도의 청년들이 있습니다!

앞잡이의 감정은 수치와 회피, 부정의 단계를 넘어 분노로 치닫고 있었다.

— 다카라 다레난다?(그러니까 누구란 말이야?)

우치다는 약간 짜증이 난다는 투로 되물었다.

그제야 앞잡이는 간사한 머릿속에 있던 계획을 털어놓았다.

일단 자신을 비웃은 마을 사람들에게 경고하기 위해 애꿎은 청년 몇 명을 희생양 삼아 입에 올렸다. 우치다는 수염을 쓰다듬으며 그저 앞잡이의 말을 듣기만 했다. 우치다는 갑자기 찾아와 마을 사람들을 군대로 보내겠다는 그 저의가 의심스러웠는데, 앞잡이의 말을 듣다가 깜짝 놀라고 말았다. 그 명단에는 '마성파'의 조직원들이 상당 수 포함돼 있었던 것이다.

— 제발 믿어 주시기 바랍니다. 모두 천황 폐하께 충직하고자 하는 제 마음입니다.

물론, 앞잡이의 이 말을 믿은 사람은 아무도 없었다. 이 말을 한 자신도 믿지 않았고, 이 말에 고개를 끄덕인 우치다조차 믿지 않았다. 이들은 단지 자신의 필요에 따라 연극에 임했고, 그들에게 필요한 가면을 썼을 뿐이다. 그러나 누구도 그 가면을 벗으려 하지 않았고, 벗기려 하지도 않았다. 앞잡이는 풍에게 봉변을 당한 이후, 조직 내에서 권위가 처절히 추락했음을 느꼈고, 이 때문에 자칫하다 간 아래 녀석들에게 자리까지 빼앗길지 모른다는 위기감에 떨었다. 따라서 우치다의 어깨 뒤에 버티고 있는 국가의 권력에 기생하기로 결심했다. 결국, 자신의 눈에 어긋나면 타국의 전쟁터에 끌려 나가야 한다는 신호탄을 쏘아 올린 것이다. 마을 사람들에게 자신을 무시하면 집안의 아들이나 오빠, 형 혹은 바로 자신이 전쟁터에 끌려갈 수 있다는 위협을 주려 한 것이다.

서로의 욕구에 따라 유지되는 이 연극에서 앞잡이는 마침내 이날 준비한 가장 중요한 대사를 막 떠올렸다는 듯 읊었다.

—아차, 깜빡했습니다. 거, 나이는 아직 어리지만 황국의 신민으로서 충성을 다할 친구가 있습니다. 체격이 훌륭하고, 군인 정신까지 출중해 서류 문제만 약간 해결해 주신다면 대동아제국의 건설에 조금도 부족함이 없는 녀석입니다. 마침 생각이 나네요. 하하하.

이 위선적 대사로 인해 풍은 열다섯이라는 턱없이 어린 나이에도 불구하고, 징집자 명단의 첫 줄에 오르게 된다. 물론, 앞잡이는 중도의 질서 유지라는 그 누구도 믿지 않는 명분을 거들먹거리며 마을에 남기로 했다. 그리고 그건 모양새뿐일지라도 일단은 조선인을 통해 섬을 통제하고자 했던 우치다 역시 바라던 바였다.

3

삶에는 언제나 그것이 진실이라고 믿는 순간 비로소 진실이 되는 게 있단다.

할아버지는 늘 이렇게 말했다. 특히 이 부분을 말할 때면, 그는 언제나 자신의 이야기는 진실이라 믿어야 진실이 되는 이야기라고 했다. 그것은 누구에게나 그렇듯, 자신의 삶이 거짓이 아닌 참된 삶이라고 믿어야 그 생이 가치를 스스로 획득하는 것과 같은 이치였다. 믿고 안 믿고는 듣는 사람이 택할 몫이다. 그러나 그것은 단순히 이야기를 신뢰하는 차원이 아니라, 이야기의 바탕이 되는 한 사람의 삶과 그 사람과 소통하고 있는 자신의 삶을 믿을지 믿지 않을지의 문제였다. 여하튼, 할아버지의 이야기는 계속됐다.

노처녀들이 언제나 느끼듯 야속한 시간은 흘러 흘러,

어느덧 1년이 지났다. 그리고 이제 걷잡을 수 없는 운명의 소용돌이에 빠진 풍은 어떻게 작동되는지 알 길이 없는 이야기의 롤러코스터에 올라탄 채 어딘가를 향하고 있다. 1945년 6월 어느 날, 풍은 일본군 제복을 입고 오키나와에 있었다. 제2차 세계대전도 점차 막바지로 치닫고 있어 조선인들은 이제 곧 해방이 될 거라는 희망에 젖어 있었지만, 도대체 그 희망이 언제 실현될지는 아무도 알지 못했다.

이때 풍에게는 낡은 트랜지스터 라디오가 한 대 있었는데, 그 라디오는 죽기 직전의 영감처럼 겨우 호흡만 유지하며 신음을 뱉어 낼 뿐이었다. 그 호흡의 결과물은 대부분 잡음이었지만, 어느 날 풍의 라디오는 무솔리니가 체포됐다는 소식을 토해 냈다.

정확히 말하자면 4월 27일, 무솔리니가 체포되었다. 그리고 즉시 처형되어 밀라노의 광장에 거꾸로 매달려 사람들에게 발길질 세례를 받아야 했다. 전 세계를 공포에 몰아넣었던 무소불위의 무솔리니가 발길질당하는 모습은 뉴스 영화로 만들어져 방방곡곡에 상영됐다. 두 눈으로 영화까지 보진 못했지만, 풍도 그 소식을 접할 수 있었다. 게다가 무엇보다 놀라운 소식은 무솔리니가 체포된 지 사흘 뒤, 히틀러가 자살을 했다는 것이었다. 히틀러는 무솔리니가 29일 사망했다는 소식을 접하자, 애인인 에바와 함께 방에 들어가 자기 머리를 향해 방아쇠를 당겼다. 에바는 그 옆에서 독약을 먹고 죽었다. 그다음 날 괴벨스 일가가 자살을 했고, 그다음 날 베를린이 소련군에 의해 함락되었다. 그리하여 길었던 제2차 세계대전은 곧 종식될 것처럼 보였다. 그러나 문제는 일본이었다. 일본은 궁지에 몰린 쥐가 고양이를 물려고 하듯, 필사적인 저항을 펼쳤다. 오키나와에서 풍과 함께 일본 군복을 입고 있는 조선인 2만 8천 명 역시, 이 죽음 앞의 저항에서 깊은 허무와 좌절을 느껴야 했다.

도무지 광복이라고는 일어나지 않을 것 같은 참혹한 어둠 속에서 이들은 '옥쇄'라 불리는 최후 저항을 명받았기 때문이다. 옥쇄란 일본군의 말로는 '천황 폐하를 위해 최후까지 싸우다 죽는다'는 것을 뜻했다. 이들은 이런 말로 징집병들의 죽음을 미화하고 있었다. 풍 역시 옥쇄의 명을 받았기에 처참한 심정은 이루 말로 다 할 수 없었다.

풍은 전투모 안에 '밤'의 사진을 간직하고 있었다. 그것이 바로 그가 살아야 했던 이유이자, 이 전쟁을 이겨내야 하는 이유였다. 풍은 미군과 싸운 것도 아니고, 일본군과 싸운 것도 아니고, 전쟁 자체와 싸우고 있었다.

전쟁에서 살아남는 것, 그래서 다시 중도로 돌아가 밤을 지켜 내는 것, 그것이 그에게는 가장 절실한 생존의 이유이자 목표였다. 그리고 이 평범한 한 인간의 절실한 희망은 세계대전이라는 광포한 역사의 억압을 기어코 이겨 내고 말았다. 누구는 우연이라고 말하고, 누구는 거짓이라고 말할지 모르지만, 풍은 언제나 신이 이 땅에 자신을 보냈기 때문에 신은 단지 모습을 드러내지 않았을 뿐 항상 자신을 도우려 했다고 말했다. 그게 다소 허무맹랑할지라도 말이다.

오키나와 전투도 막바지에 다다른 6월 22일, 미군은 여전히 항공모함 40척과 함선 1300척을 거느린 18만 대군이었다. 일본군이 12만 명 정도 있었지만, 그중 오키나와의 주민 방위대가 2만 명이었고, 조선에서 징용된 훈련받지 못한 학도병이 2만 8천 명이었다는 사실을 상기해 볼 때, 전문적으로 저항할 수 있는 군인은 7만 명 남짓이 전부였다. 그러나 보급로마저 미군에 의해 차단돼, 이들이 쓸 수 있는 수류탄은 물론 실탄 수마저 제한돼 있었다. 게다가 일본군은 전통적으로 총검술을 써 가며 전투에 임했는데, 실탄이 부족하자 이 전통을 살려야 한다는 어처구니없는 주장까지 나왔다. 물론 이 총검술을 실행해야 하는 이들은 조선인 학도병이었다.

　야간 참호 속에서 빈 총탄을 들고 하늘의 별을 보고 있자니, 풍의 볼에는 어느새 눈물이 흐르고 있었다. 풍은 철모를 벗어 밤의 사진을 보았다. 하늘의 달이 자신의 손 위에 내려온 것처럼 밤의 얼굴은 동글고 빛이 났다. 참호 속에서도 그 사진은 밤의 얼굴만으로도 빛이 나 적군에게 자신의 위치가 발각되는 게 아닐까 걱정이 될 정도였다. 사진을 보고 있으니 풍의 머릿속엔 벚꽃이 핀 고향 풍경, 밤의 향기, 밤의 손길이 미칠 듯이 가득 차올랐다. 어느덧 얼굴엔 눈물이 흐르고 있었다. 신이 풍을 위로하려 했을까, 아니면 자신의 말처럼 전쟁을 종식시키려 했을까. 하늘에선 거짓말처럼 비가 내려 풍의 눈물을 씻어 주고 있었다. 그 탓에 누가 본다 해도 풍이 눈물을 흘리고 있는 것인지, 비로 얼굴이 젖은 것인지 알 수 없을 지경이 되었다. 그런데, 그것이 푸른 눈에는 다르게 보였던 것일까. 여하튼, 풍의 이날 밤 행동은 전혀 예상치 못한 결과를 빚어내고야 만다.

　풍은 사진을 보고 난 후, 다시 철모 안쪽에 끼웠다. 그리고 철모를 쓰려는 순간, 갑자기 조명탄이 터지더니 암흑의 하늘이 한순간에 도화지처럼 환해졌다. 그리고 어디 선가 들려온 '슈웅' 하는 소리와 함께 풍의 손에 들려 있 던 철모가 날아가 버렸다. 깜짝 놀랐다. 황급히 돌아보니 환해진 조명탄 아래 미군 수만 명이 자신들의 참호 쪽으 로 파도처럼 밀려오고 있었다. 가장 앞쪽에 있는 전진기 지 참호 속에는 풍과 같은 인간 옥쇄들이 빈총을 들고 서 있었을 뿐인데, 그들은 다름 아닌 풍과 함께 징집된 마을 주민들과 인간 이리 떼들이었다. 이들은 일제히 총알이 난무하는 밤의 전장에서 후방으로 뛰기 시작했다. 총알 하나 없는 이들이 목숨을 유지하기 위해선 삼십육계만이 유일한 생존의 수단이었다. 그런데, 어찌 된 일일까. 풍은 이들과 전혀 다른 방향으로 뛰기 시작했다. 달리는 풍은 얼핏 보기엔 자살 공격을 하는 것 같았다. 그러나 그 방향 은 미군 쪽이 아니었기에 미군의 입장에서 보기엔 의아하 기 그지없었다. 어찌 보면 전투를 포기한 자의 도주 같아 보이기도 했지만, 풍은 확실히 무언가를 갈구하듯 절규하 며 후퇴도, 공격도 아닌, 그 어떤 것도 추구하지 않는 방 향으로 목숨을 건 질주를 하고 있었으니, 이를 지켜보던 한 명의 미군은 왠지 모를 깊은 인상을 받게 됐다. 망원경 으로 후방에서 이를 지켜보고 있던 자의 이름은 레이먼드 스프루언스.*

그는 오키나와 전투 지휘 사령관이었다. 스프루언스는 망원경을 손에서 떼지 못한 채, 직속 부하인 마이클 대령에게 저 인물을 포로로 잡아 오라고 명했고, 마이클 대령은 데이비드 중령에게, 데이비드 중령은 헨리 소령에게, 헨리 소령은 리처드 대위에게, 리처드 대위는 브랜든 중위에게, 브랜든 중위는 브래드 소위에게, 브래드 소위는 라이언 일병에게 무전으로 타전했다.

— 횡으로 달리고 있는 저 일본군을 생포하라!

그리하여 라이언 일병은 대지에 피가 흐르고, 팔다리가 땅 위에 떨어진 이 격전의 현장에서 목숨을 건 채 퐁을 생포해 내고야 만다. 그런데 퐁은 왜 절규하며 목숨을 건 질주를 했을까. 그것은 당연히 밤의 사진이 있는 철모를 줍기 위해서였다. 여하튼, 라이언 일병이 퐁을 생포했을 때는, 마침 퐁이 그 철모를 줍기 일보 직전이었다. 보수적인 앨라배마 출신으로 융통성이라고는 눈곱만큼도 없었던 라이언 일병은 철모를 막 주우려는 퐁을 뒤에서 낚아챘고, 이때 퐁은 온몸의 힘을 다해 죽을 듯이 절규했다.

---

* 태평양 전쟁에서 많은 활약을 펼친 그는 2차 대전이 끝나자, 1948년에 퇴역할 때까지 필리핀에서 해군 사령관으로 복무하게 된다.

—밤! 밤! 바아아암!

전투는 미군의 승리로 끝났지만, 포로가 된 풍은 사령
관인 레이먼드 스프루언스와 마주한 채 추궁을 당해야 했
다. 일단 옷이 벗겨진 풍은 속옷만 입은 채 의자에 묶여
있었다. 보수적인 앨라배마 출신의 라이언 일병은 비록
융통성은 눈곱만큼도 없었지만, 동아시아에 대한 관심은
눈곱 정도 있어서 어떤 게 히라가나고, 어떤 게 한글인지
는 구분할 수 있었다. 그는 풍의 군복에서 한글로 쓴 편지
를 발견하자, 의기양양하게 외쳤다.

—디스 가이 이즈 어 코리언!

물론, 보수적인 앨라배마에서 자란 라이언이 이 발언을
한 것은 지금 눈앞에 있는 이 포로가 우리의 침략국민이
아니며, 그는 침략국의 식민 백성으로서 그 역시 피해자
라는 것을 설파하려는 인도적 차원의 맥락이 아니라, 오
로지 성과 위주의 앨라배마에서 자란 그의 세계관이 반영
된 대사로써, "실은 저 외국어도 조금 할 줄 아는데요"라
는 일종의 자기 PR이었으니 따지고 보면 전쟁 중에도 이
런 건 인사고과에 반영해 달라는 사실상 어필이었던 셈이
다. 한데 어찌 된 영문인지, 이를 들은 사령관은 깊은 감
명을 받고야 만다. 그 이유는 바로, 풍이 모든 질문에 오

로지 사랑의 이름만 외치고 있었기 때문이다.

— 밤! 밤! 바아아아암!

텐트에 돌아온 사령관은 파이프에 불을 붙인 뒤, 이날의 기이한 경험을 복기해 보았다. 한 명의 군인이 적진도 아군 기지도 아닌, 전혀 다른 장소로 목숨을 건 질주를 감행했다. 그것은 공격도 아니고, 후퇴도 아니었다. 그것은 목숨을 건 하나의 외침이자, 온몸으로 희생하는 하나의 주장이었다. 그리고 그 병사는 조선인이다. 이 전쟁의 침략국민도 아니고, 교전국민도 아니다. 그는 단지 식민지에서 태어났기에 이 포화 속에서 총알 하나 없는 빈총을 들고 세계를 향한 외침을 던지고 있는 것이다. 사령관은 그가 부르짖은 유일한 외침을 떠올렸다. '밤', 그것은 폭격(Bomb)이었다!

자신이 비록 침략국의 본토에까지 끌려와 전쟁을 하고 있지만, 폭격을 해서라도 전쟁을 끝내라는, 그래서 자신의 생명은 이대로 끝날지라도, 더 이상 내 고향의 젊은이들은 이곳에 끌려오는 일이 없도록 해 달라는, 그렇기에 나는 지금 이 전장에서 목숨을 걸고 다른 방향으로 질주하며 메시지를 외치고 있는 것이라고.

레이먼드 스프루언스는 한 조선인의 절규로 인한 깨달음을 태평양 함대 총사령관인 '체스터 니미츠'와 나누었다. 체스터 니미츠는 자신의 참모장인 레이먼드의 이야기를 듣고 고개를 끄덕였다. 그리고 그는 수화기를 들었고, 태평양 건너의 워싱턴 백악관에 있는 전화기를 울렸다. 백악관에 있던 수화기가 애타게 울자 성조기 아래 고급 양복을 입은 한 남자가 전화를 연결했고, 역시 긴급 전화를 건네받은 고급 양복의 한 남자가 태평양 건너의 승전보와 함께 인류의 미래를 결정할 역사적 제안을 고개를 끄덕이며 들었다. 고개를 끄덕이는 남자의 집무실에는 성조기가 걸려 있었고, 성조기 옆에는 자신의 사진이 걸려 있었다.

그로부터 45일 뒤, 열도에는 원자폭탄이 투하된다. 그리고 사흘 뒤 또 한 번의 원폭 투하가 일어난다. 6일 뒤, 일본은 연합군에게 항복을 선언했다.

풍의 늙은 트랜지스터 라디오는 마침내 오랫동안 참아왔던 기침을 하듯 외쳤다.

"조선이 광복했습니다! 대한이 독립했습니다! 대한이도, 독립을⋯⋯! 지지직."

할아버지의 역사는 이렇게 시작되었다. 거짓말처럼. 그러나 나는 언제나 그것이 진실보다 더욱 진실이길 희망했다.

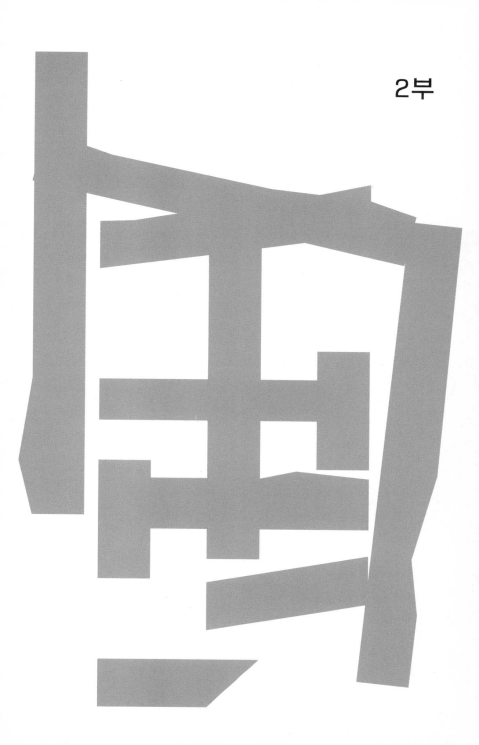

2부

할아버지가 마을에 돌아오자, 사람들은 일제히 그를 반겼다. 돌아온 무리 중에는 자신들이 사랑하는 아들과, 오빠, 형, 동생이 끼어 있었음은 물론이었다. 마을 사람들은 얼싸안고 눈물을 흘리며 돌아온 가족들을 반겼다. 그러나 몇몇 사람들은 고개를 떨어뜨린 채 눈물을 닦아야만 했다. 인류의 역사가 그래 왔듯, 전쟁은 언제나 몇 명의 영웅을 데려왔고, 몇몇의 가족들을 데려갔다. 돌아온 이들 중엔 상이용사도 있어서, 마을 사람 중 몇몇은 아들의 사라진 다리와 팔을 보며 오열했다. 그 때문에 아들이 건강하게 돌아온 집에서도 마음에 걸려 크게 환호하거나, 격정적으로 감격을 표하진 못했다. 그것은 최소한의 배려였고, 이 공동체가 광의의 가족이었다는 것을 보여 주는 한 대목이기도 했다.

그건 그렇고, 돌아온 병사들 중에는 오키나와로 끌려갔던 이리 떼들도 있었다. 돌아온 이리 떼들은 마을에 오자마자 혈안이 되어 앞잡이부터 수배했다. 그러나 광복의 감격으로 얼떨떨해 이게 꿈인지 생시인지 분간조차 안 되던 그날 새벽, 앞잡이는 마을에서 사라져 버렸다. 사람들 말로는 북으로 넘어갔다는 소문도 있었고, 제주도로 가 버렸다는 소문도 있었고, 어딘가에서 목을 매달고 죽었다는 소문도 있었다. 소문이 그러하듯 그중에 밝혀진 것은 아무것도 없었다. 앞잡이와 마찬가지로 마을 사람들을 괴롭히던 이리 떼들 역시 은근슬쩍 자취를 감추어 버렸다.

전쟁에서 돌아온 이리 떼들은 앞잡이에게 복수를 할 수 없다는 사실에 분을 삭여야 했지만, 한편으로는 마을 사람들에게 복수를 당할까 싶어 전전반측해야 했다. 물론 몇몇 마을 사람들이 전쟁에서 돌아온 이리 떼들에게 돌을 던지거나 그 집 장독대를 깨뜨리긴 했지만, 대부분의 사람들은 이리 떼들 역시 식민 치하에서 그들만의 방식대로 살아남고자 몸부림친 것이라고 어느 정도 이해해 주었다. 중도는 그런 마을이었고, 중도 사람들의 마음은 그런 마음이었다. 게다가, 마을의 아들들과 함께 사선을 넘어 살아 돌아왔다는 점에 대해 전우애 아닌 전우애가 자리 잡고 있기도 했다. 그래서 약간의 소동을 겪긴 했지만, '중도 청년회'의 구성원들은 이런 식으로 광복 후에 다시 마을의 구성원으로서 자리를 유지할 수 있었다.

우리의 주인공 풍은 드디어 밤과 재회를 할 수 있었다. 이제 풍은 열여섯, 그야말로 이팔청춘이 되었고, 밤은 열일곱, 가장 꽃다운 나이가 되었다. 할아버지의 표현에 의하면, 그녀가 꽃을 보기 위해 꽃 옆에 섰을 때, 어느 게 꽃이고 어느 게 사람인지 도무지 헷갈려 분간이 안 될 지경이었다고 했다. '아차, 이게 꽃이지' 싶어 세 시간의 고민 끝에 하나를 골라내면, 매번 사람이어서 골치 아팠다고 한다. 꽃인지 사람인지 분간이 안 가는 밤과 이제 본격적인 이팔청춘에 접어든 풍은 벼가 한창 무르익은 마을을 배경으로 곳곳에서 사랑을 나누었다. 그 탓에 마을의 공기에는 항상 야릇하고 훈훈한 땀 냄새 같은 것이 떠다녔다. 그 냄새에 대대로 양반 가문이었다던 106세 김천지도 건강하게 발기했고, 과부 정씨(36세)는 눈이 벌게져 샛서방을 찾으러 다녔다. 열두 살 금순이는 어서 빨리 숙녀가 되게 해 달라고 밤마다 빌었다. 여하튼, 마을엔 사랑의 향기가 가득했다. 밤이면 산 아래 마을에서 퍼져 나오는 밥 짓는 냄새와 방마다 퍼져 나오는 사랑의 속삭임, 그리고 연애편지를 쓰느라 연필 굴리는 소리로 마을은 그야말로 사랑의 축제 현장이었다.

— 이번에도 날 버리고 어디 가 버리면, 난 정말 못 살아.

밤은 허리를 비틀어 엉덩이를 튕기며 풍에게 말했다. 불어오는 바람에 보리가 기분 좋게 흔들리고 있었고, 그 탓에 풍에겐 금 밭이 출렁이는 것처럼 보였다.

— 당연하지. 어디에 있건, 어디를 가건, 너와 함께할 거야. 이 목숨을 걸고서라도 말이야.

여기서 잠깐 말을 보태자면, 현대적인 관점에서 보자면 풍에게는 이처럼 느끼한 면이 다소 있었는데, 당시의 맥락에서는 이게 그렇게도 통하는 것이었다. 그러니 당시의 여자였던 밤은 이 말에 그만 껌뻑 죽어, 넘어갈 듯 까르르 웃음을 터뜨리며 풍에게 "몰라. 몰라. 개복치야"라며 가슴을 마구 두드리며 선보일 수 있는 갖은 애교를 맘껏 터뜨렸다. 근데, 어찌나 기분이 좋아 마구 두드렸던지 애교라 생각하며 주먹질을 받아 냈던 풍도 그만 통증에 기침을 뱉고야 말았다. 그제야 밤은 너무했나 싶어 걱정하며 물었다.

— 어머! 자기, 괜찮은 거야?

풍은 이 사랑의 염려에 아무렇지도 않다는 듯 답했다.

— 괜찮다. 이따위 통증. 아프니까 청춘이다.

그렇다. 이들은 돌이라도 소화시킬 수 있는 청춘이 아니었던가. 둘은 보리밭에서 사랑을 나누었고, 물레방앗간에서 사랑을 나누었고, 개울가에서 사랑을 나누었다. 해가 잠든 밤에 사랑을 꽃피웠고, 달이 쉬러 간 새벽에 사랑을 터뜨렸고, 새들이 축복해 주는 낮에도 사랑을 분출했다. 이 대목에 내 해석을 약간 보태자면 사랑에 빠진 남녀의 공통점이 있는데, 그것은 첫째, 주변 사람들의 눈치를 안 보기 시작한다는 것과, 둘째, 시간이 어찌 지나가는지 감각이 사라진다는 것이다.

— 한 닷새쯤 지난 줄 알았는데, 5년이 지났더라고.

평소 이야기를 좋아하는 할아버지의 성격을 고려해 볼 때, 이 말은 절대 그가 게으르다거나 귀찮아서 한 말이 아니라고 나는 믿고 있다. 게다가 나 역시 귀찮아서 이렇게 말하는 게 아니다. 정말 풍은 닷새가 지나간 듯 5년을 보내고 말았다. 신선놀음에 도끼 자루 썩는 줄 모른다고 하지 않는가. 그럼에도 불구하고 5년의 결과물은 뚜렷했다.

둘 사이에 아기가 태어난 것이다. 열여덟이면 장가를 간다는 옛말을 몸소 증명이라도 할 요량인지, 풍은 늦어서 쑥스럽다는 듯 스무 살이 된 해, 밤과 자기 사이에서 아기를 낳았다. 누가 보더라도 풍을 쏙 빼닮은 아기였다. 모진 세상, 모나지 않게 둥글게 살라는 의미에서 이름은 '구(求)'로 지었다. 이것이 나의 아버지가 태어난 순간이다. 할아버지의 이름이 이풍이지만 허풍으로 불리었듯, 나의 아버지 역시 이구지만 한평생 허구로 불렸다.

아버지가 태어나는 순간, 하늘도 축하를 하려고 한 모양인지 죽을 듯이 기침만 해 대던 할아버지의 늙은 라디오는 오랜만에 근사한 음악을 뽑아냈다. 오케스트라가 연주하는 웅장한 음악이 초가집에 울려 퍼졌다.

— 빠바바밤 빠바바밤!

베토벤의 「운명」이었다. 할아버지의 운명과 아버지의 운명이 서로 연결되었고, 그것이 나의 운명에도 영향을 끼친다는 의미였는지, 아니면 그저 그때 주파수에 잡힌 음악이 「운명」이었던 건지 나로선 알 수 없다. 확실한 건 할아버지가 아버지를 낳고, 그로 인해 내가 이 세상에 또하나의 이야기를 보탤 가능성이 생긴 날 하늘은 우리에게 「운명」을 들려주었다는 것이다. 그리고 그날부로 할아버지의 낡고 녹슨 라디오는 멀쩡하게 음악을 들려주기 시작했다. 이때부터 풍은 음악에 빠져 버렸다. 빠바바밤ㅡ!
하며 웅장하게 울리는 교향곡을 사랑했고, 「애수의 소야
곡」 같은 구슬픈 음악도 사랑했고, 의미를 전혀 알 수 없
는 꼬부랑 말의 노래도 사랑했다. 봄 하늘은 수채 물감을
뿌려 놓은 것처럼 말갰고, 아기는 마치 노래하듯 라디오
에서 흘러나오는 음악에 장단을 맞춰 울었다. 풍은 아침
에 눈을 뜨면 아내와 잠든 아기에게 입을 맞추고, 라디오
를 틀었다. 그리고 하늘을 보며 하루를 시작했다. 여느 때
와 같았던 봄의 끝자락인 일요일, 풍은 일어나 라디오를
틀었다. 늙은 라디오는 아직 죽지 않았다는 듯이, 가수 남
인수를 불러내 「애수의 소야곡」을 구성지게 뽑아냈다. 남
인수의 구슬픈 목소리가 풍의 집에 울려 퍼졌다.

　　무엇이 사랑이고 청춘이든고
　　모두 다 흘러가면 덧없건만은
　　외로운 별을 안고 밤을 새우면
　　바람도 문풍지에 싸늘하ㅡ

　그런데, 노래가 채 끝나기도 전에 라디오는 다시 기침
을 토해 내듯 지지직거리며 매우 다급한 목소리의 한 남
자를 등장시켰다. 그는 이렇게 말했다.

―임시 뉴스를 말씀드립니다. 오늘 새벽 공산 괴뢰군이 38선 전역에 걸쳐 전면 공격을 개시했습니다. 그러나 우리 국군이 건재하니 국민 여러분은 안심하십시오.

임시 뉴스를 말씀드립니다. 오늘 새벽 공산 괴뢰군이 38선 전역에 걸쳐 전면 공격을…….

그 뒤로 「애수의 소야곡」은 채 마쳐지지 않았고, 다른 어떤 말도 없이 이 말만 라디오에서 수차례 반복되었다. 1950년 6월 25일, 오전 7시. 풍은 역사의 새로운 지점을 향해 또 한 번 달려야 했다.

1

전쟁이 발발하자 중도의 거의 모든 사람들이 피난길에 올랐다. 단 유일하게 피난길에 오르지 않은 사람이 있었는데, 그는 바로 김천지였다. 이미 106세인지라 자식도 팔순 영감이었던 김천지는 자식, 며느리, 손자, 손녀 모두 챙긴 후 피난하느라 정신이 없는 사이, 홀로 마을로 되돌아왔다. 중도 사람들도 마을을 떠나 한참이 지난 후 김천지 어른이 사라진 것을 알았다. 쉰이 넘은 손자는 통곡하며 할아버지를 찾았지만, 어쩐지 팔순이 넘은 아들은 하늘을 보고 약간 눈물을 글썽이더니 아들에게 가던 길을 계속 가자고 독려했다. 그런데 김천지 어르신은 왜 마을로 돌아왔을까. 도저히 피난길을 따라갈 체력이 되지 않아서였을까. 그래서 자신이 젊은이들에게 짐이 된다고 생각했을까. 아니면 한평생 발붙이고 정붙이고 살아온 마을을 떠나기 싫어서였을까. 할아버지는 김천지에게 농으로 담배를 빌려 피운 일을 떠올리며, 이 대목에선 언제나 눈물을 훔쳤다. 그리고 언젠가 자신도 김천지의 마음을 이해하게 된 날이 있었다고 고백했는데, 잘은 모르겠지만 나도 그날이 언제였는지는 어렴풋이 짐작할 수 있을 것 같다. 그날엔 비록 어린 나였지만, 나도 김천지와 할아버지를 이해할 수 있었을 것 같았으니까.

어찌 됐든, 다시 이야기 속으로 돌아가서 할아버지의 피난길을 따라가 보자.

풍은 어깨에 배낭을 메고, 한 손에 구를 안고 다른 한 손으로는 짐을 들고 피난길에 올랐다. 밤 역시 머리에 짐을 이고 다른 한 손으로 짐을 들고 피난길에 올랐다. 모든 마을 사람들이 피난길에 올랐기에 누군가 산 위에서 그 행렬을 본다면, 마치 지진을 피해 바쁘게 도망가는 개미

떼처럼 보였을 것이다. 중도는 상대적으로 북쪽에 가까운 섬이었기에 사람들은 섬이 공격당하는 것은 삽시간이라 여겼고, 섬의 특성상 한 번 공격당하면 북한군의 총에 맞거나 바다에 빠져 죽거나 둘 중 하나밖에 없다고 판단했다. 그래서인지 본격적인 공격이 시작되기 전에 섬을 재빨리 빠져나가 남쪽으로 내려가는 것만이 살길이라 생각했다. 연락선과 바지선, 기관선과 뗏목, 심지어는 드럼통에 문짝을 얹어 도저히 배라고는 할 수 없는 것에까지, 마을 사람들은 물에 뜨는 것이라면 가리지 않고 일단 몸을 실어 섬을 떠났다. 육지에 도착하니 이미 길을 뒤덮은 대규모의 피난 행렬이 끝없이 이어지고 있었다. 그 뒤부터는 아무런 목적과 계획 없이 그저 살아야겠다는 일념으로 긴 피난 행렬을 따라, 낮이건 밤이건 걷기만 했다. 그야말로 긴 행군의 연속이었다. 풍도 밤도 그리고 구도, 며칠을 걸었는지, 어떻게 잠을 잤는지, 무엇을 먹었는지, 도무지 자신들이 살아 있다는 것만 알 뿐, 아무것도 알지 못했다. 그렇게 얼마가 지났는지 알 수 없는 시간을 보내고 난 뒤, 이들이 도착한 곳은 대구였다.

전시 상황이라 어수선하긴 했지만, 아직 이곳까지 공격이 시작되지 않아서인지 대구는 전혀 다른 세상처럼 보였다. 건물들이 성했고, 연기도 피어오르지 않았고, 몇몇 사람들은 마치 생의 가치관을 바꾸지 않는 철학자처럼 여전히 생업을 지키고 있었다. 시장에도 상인들이 있었고, 사람들은 전쟁 통에도 밥을 사 먹고, 밥을 팔고 있었다. 그 때문인지 풍은 잠시 현실감각을 잃어버렸다. 그저 몇몇 사람들이 장사를 했을 뿐인데, 전쟁을 잊어버리고 일상을 되찾은 것 같았다. 안타깝게도 모든 비극이 마음의 경계가 허물어졌을 때 발생하듯, 풍도 그 예외 대상이 될 순 없었다.

큰 도시인 만큼 대구엔 마을 주민들의 친척들도 많이 살았다. 친지가 있는 사람들은 친척 집으로 떠났고, 친지가 없는 사람들은 일단 긴 피난길의 피로를 잠시라도 풀기 위해 쉴 곳을 찾아 떠났다. 물론, 그래 봐야 갈 곳이라고는 대부분 다리 밑이나, 고향을 버리고 떠난 사람들의 빈집, 혹은 동사무소, 구청 같은 공공 기관뿐이었다. 그러나 대구에서도 맘이 놓이지 않는 사람들은 부산까지 내려가야 한다며 고삐를 늦추지 않고 피난길에 올라, 대부분의 마을 사람들은 대구에서 뿔뿔이 흩어졌다. 풍의 가족은 일단 대구 정도면 괜찮다고 여긴지라, 스무날 정도를 대구에서 지냈다. 피난민 대부분이 칠성교 아래 있어서 비를 피하고, 임시로 지은 판자로 새벽의 찬 이슬은 피할 수 있었지만, 문제는 먹거리였다. 피난길에 갓 올랐을 때 아기에게 젖을 물려 주었지만, 엄마인 밤이 입에 풀칠도 못하게 되자 젖도 나오지 않았다. 배가 고프기는 밤뿐 아니라, 풍도 마찬가지였다. 풍 역시 스스로에게 기대를 걸기엔 시대의 폭력이 너무나 거셌지만, 일단은 먹거리를 구해 오겠노라고 밤을 안심시킨 후 거리로 나섰다.

우선은 번화가로 나가야 했다. 구걸을 하건, 버린 음식을 줍건, 영혼을 팔건, 도둑질을 하건, 일단 번화가로 가야 뭐라도 가능할 것 같았다. 때는 어느덧 8월이었다. 풍의 몸은 금세 땀범벅이 되었고, 허기진 몸에서 땀까지 줄줄 빠져 현기증이 나기 시작했다. 어질어질한 상태로 걷다 보니 몸에서 현실감각이 빠져나가는 듯했다. 그렇게 한 시간 이상을 걷자 자신이 발을 디디고 있는 곳이 땅인지, 바다인지, 구름 위인지 분간할 수 없었다. 어디선가 고향의 개울물 소리가 들리는 것 같았고, 벚꽃 잎이 마당에 떨어지는 소리도, 눈이 장독대 위에 쌓이는 소리도 들리는 것 같았다. 실상은 그저 사람과 차가 지나가고, 쓰레기 더미가 굴러다닐 뿐이었는데, 풍에겐 그렇게 들렸다. 지금 마주한 현실의 소리가 아니라 한순간에 사라진 일상의 소리를 그리워했던지라, 이리 떼의 발소리라도 이때만

큼은 반갑게 들릴 것 같았다. 그런 환상에 빠져 있다가 문
득 정신을 차리고 나니, 풍은 어느새 자신도 모르게 군인
과 대화를 나누고 있었다.

　— 이 차를 타고 가면 식량을 줍니까?
선글라스를 낀 군인은 기가 찬다는 듯이 말했다.
　— 당연하다. 식량은 물론이거니와, 명예도 줄 것이다.
동공에 다른 세계가 들어온 풍이 반문했다.
　— 그 명예가 밥도 먹여 줍니까?
현실을 잊은 풍에게 군인은 현실적으로 답했다.
　— 나라의 밥을 먹는 군인은 되묻지 않는다. 대의에 동
의한다면 작은 것에는 오로지 복종할 뿐. 복종하는 자만
이 영웅이 될 수 있다!
군인은 풍에게 턱짓으로 올라타라고 했다. 풍은 갑자기
환상에서 깨어난 것처럼 제정신이 들었다. 트럭의 뒤 칸
에는 열대엿 살쯤 돼 보이는 까까머리 학생들이 마치 수
송 중인 인형 공장 트럭의 인형처럼 소복이 타 있었다. 순
간 풍은 현기증과 원치 않는 현실을 떨쳐 내려 고개를 거
세게 흔들었다. 이에 상관없이 선글라스를 낀 군인이 고
갯짓을 하자, 다른 군인이 어깨에 메고 있던 총을 풍에게
겨눴다.

엉겁결에 뒤 칸에 타자, 트럭은 이내 바람을 일으키며 어딘가로 향했다. 십 분도 채 달리지 않아서 트럭은 멈췄다. 그곳은 대구의 한 초등학교 운동장이었다. 학교는 이미 휴교를 했고, 군인들은 그곳을 임시 거처로 쓰고 있었다. 훗날 알게 된 것이었지만, 선글라스로 얼굴을 가린 채 풍을 강제로 승차시킨 인물은 국민방위군 소속 장교였다. 이때는 대통령이 만 14세 이상의 남성은 전쟁에 동원할 수 있다는 '긴급명령 9호'*를 이미 공표한 상태였다. 그 때문에, 풍뿐만 아니라 교복을 입은 채 끌려온 까까머리들도 상당수 있었다. 게다가, 긴급명령 9호는 만 14세 이상의 남자들만 동원토록 제한했지만, 실상 이들 중에는 열네 살은 물론, 열세 살, 열두 살짜리 소년들도 있었다. 풍은 어떻게라도 도망치려 했지만, 이 소년들을 보자 그만 힘이 탁 빠져 버리고 말았다. 거대한 파도 같은 시대의 공포 앞에 자신이 한없이 무력하게 느껴졌다. 순간, 오키나와에서 목숨을 걸고 뛰어다녀야 했던 일들과 밤과 헤어져야 했던 수년간의 시간들이 떠올랐다. 지금은 아들까지 있는 상황이다. 풍의 가슴 밑바닥에서 절

---

* 1950년 8월, 이승만 대통령이 발효했다. '비상시 향토 방위령'이라고도 한다.

망과 분노가 꿈틀거렸다. 그 거대한 분노가 풍을 움직이려 하게 했으나, 군인들은 같은 국민들에게 총을 겨누고 있었다. 풍은 줄을 섰다. 뙤약볕에 일장 도열을 하고 서 있으니, 어디선가 미군 지프차 한 대가 나타났다. 그 지프차에서 내린 인물은 기분 나쁠 정도로 말랐고, 모자를 푹 눌러썼다. 그리고 그는 단상에 올라가더니, 위압적이고 간결하게 말했다.

─너희들은 대한민국 국군에 입대했다. 자랑스러운 군인들이여, 나라를 위해 죽음을 안타까워하지 마라.

풍은 깜짝 놀랐다. 분노할 여유조차 찾지 못했다. 모자를 푹 눌러쓴 그 인물의 목소리가 너무나 익숙했기 때문이었다. 전율에 온몸이 오싹해졌다. 고개를 빼어 강압적으로 외치고 있는 사내를 뜯어보았다. 푹 눌러쓴 모자 그늘 아래로 뭔가가 보일 것 같았다. 그 그늘에 감춰진 눈 밑으로 둥글게 그어진 상처가 보였다. 한 치의 오차도 없었다. 그는 바로 앞잡이였다!

앞잡이가 타고 온 지프차에는 별이 그려져 있었고, 그 옆에는 미군이 앞잡이의 연설을 지켜보고 있었다.

2

앞잡이는 어떻게 풍의 인생에 다시 끼어들게 된 것일까.

사실, 앞잡이는 누구보다 일찍 해방의 낌새를 알아차렸
다. 한평생 눈치만 보며 오로지 권력에 기생해 살아온 자
의 본능이 꿈틀댄 것이다. 그는 흔들리는 우치다의 눈빛
에서, 조금씩 짐을 챙기는 우치다의 행동에서, 점점 기세
등등해지는 마을 지식인 박씨의 말투에서, 아울러 점점
맑아지고 밝아지는 중도의 하늘에서, 조선의 광복을 눈
치챘다. 아니나 다를까, 히로시마에 원자폭탄이 떨어진
1945년 8월 6일. 앞잡이는 자신의 심장 한 부분이 허물어
짐을 직감했다. 그리고 사흘 뒤 나가사키에 다시 원자폭
탄이 떨어지자, 그는 이미 마을에서 떠날 준비를 마쳤다.
우치다 역시 일본으로 돌아갈 모든 준비를 마친 상태였기
때문에, 줄곧 우치다의 눈치만 보아 온 앞잡이로서 이 정
도 감지는 식은 죽 먹기였다. 지진이 일어나기 전 쥐 떼가
이동을 하듯, 광복이 일어나기 전에 참전하지 않은 이리
떼는 야반도주를 계획해 뒀다.

문제는 이런 이리 떼들이 중도에만 있었던 것이 아니
라는 점이다. 전국 각지에 기생하고 있던 이리 떼, 승냥이

떼, 벌 떼, 개 떼 등이 있었으니, 이들은 광복이 일어난 새벽, 예정이나 했다는 듯 한곳에 모였다. 그리고 그 누구도 따라갈 수 없는 자신들의 천부적인 재능, 즉 잔머리를 잔뜩 굴렸다.

일각에서는 일본이 패망했으니 각자 마을로 돌아가 석고대죄해야 한다는 의견이 나왔으나, 독자들도 이미 예상했겠듯이 이는 바로 묵살되었다. 나름의 설득력을 지닌 의견도 있었다. 그것은 전국 각지의 이리·승냥이·벌·개 떼들이 공동체를 꾸려 산속에서 함께 살자는 것이었다. 이는 어찌 보면 자립 생활협동조합 같은 것의 시초가 될 수도 있었으나, 전국 각지의 짐승 떼들은 아직 속세의 달콤한 마력과 권력욕을 잊지 못했으니, 이 의견 역시 건강한 손찌검과 일상 수준의 생활 욕설과 함께 폐기되었다. 그리하여 최종적으로 도출된 의견은 다름 아닌 '앞잡이'의 잔머리에서 나온 것이 되었다.

그는 일제의 시대가 지났으니, 이제 미제의 시대가 올 것이라 예언했다. 아니나 다를까, 일제를 패망시킨 것이 바로 미제와 소련이었으나, 마침 소련은 이미 북쪽 인민들과 결탁할 움직임을 보이고 있었다. 따라서 미제가 남한에 정부를 수립할 경우, 어수선한 정국을 조속히 해결하기 위해 일제 치하에서 일했던 자들을 어쩔 수 없이 쓸

거라고 그는 뻔뻔하게도 생각했다. 놀랍게도 앞잡이의 이 예상은 정확히 맞아떨어진다. 당시, 앞잡이는 가장 빨리 기강이 잡혀야 하는 조직이 바로 군대라고 주장했다. 이 미 오랜 기간 식민지를 경험했기 때문에 당장이라도 군의 전력을 재정비하는 것이 급선무라는 공감대가 형성됐고, 이런 상황일수록 사람이 모자라는 것은 당연지사였다. 이 렇게 설명하며 앞잡이는 한평생 제 입에 풀칠하게 만든 예의 그 수사를 부렸는데, 그 뻔뻔한 대사는 다음과 같다.

— 이제야말로 국가의 재건을 위해 우리가 목숨 바쳐 투신할 때가 왔습니다. 이제 우리 모두 더러운 일제의 탈 을 벗어 버리고, 당당히 조국의 옷을 입고 이 나라를 지켜 냅시다!

이는 실로 뻔뻔하고 얼토당토않은 말이었는데, 실상 이 말을 들은 전국의 짐승 떼들은 대부분 고개를 끄덕였다. 허나 이들이 이토록 쉽게 납득한 이유는 앞잡이의 주장이 설득력 있거나 이들이 갑자기 애국지사로 분해서가 아니 라, 사실 짐승 떼의 대부분이 '날 일(日) 자'도 제대로 못 읽는 일자무식이었기 때문이었다. 그런 이들이 행정직을 맡는다는 건 꿈조차 꿀 수 없는 시나리오였다. 따라서 이들은 앞잡이의 주장에 고개를 끄덕이며 군에 자원입대하기로 했다.

이리하여 북에 넘어갔다느니, 제주로 갔다느니, 어딘가에서 목을 매달고 죽었다느니 따위의 소문과는 전혀 상관없이 앞잡이는 육군에 자원해 호의호식했다. 게다가 눈칫밥 하면 일제 때부터 도가 튼지라, 이래저래 주워들은 실력으로 일본어를 터득했듯이 역시 손짓 발짓을 구사하며 주워들은 풍월로 영어까지 그럭저럭 나불거리게 되었다.

당시 육군은 인적 자원이 부족하였는데, 이는 앞잡이에게 절호의 기회였다. 우선, 군의 입장에서 보자면 앞잡이에게는 따르는 이들이 많아 리더십을 의심하지 않아도 되었고, 한평생 남의 눈치만 살피며 모략과 술수를 꾸며 온 앞잡이가 그 역량을 한껏 발휘하여, 전쟁 발발과 동시에 이런저런 작전을 용케도 짜내자 군 상관들은 감탄을 금치 못했다. 게다가 일제 때 우치다에게 아부를 하던 예의 그 솜씨는 여전히 녹슬지 않았으니, 육군 장성들도 잘 해내지 못하는 미군의 비위를 어찌나 고객 중심의 마인드로 잘도 맞춰 냈는지 삼십 년만 늦게 태어났다면 대기업 고객 서비스 팀의 인기 강사로 나서도 손색이 없을 정도였다. 당연히 군 관계자들은 앞잡이의 실력에 혀를 내두르고야 말았다. 아울러 전쟁 발발 후, 대통령은 모든 작전권을 유엔군에게 이양한 터였다. 물론, 유엔군의 실세는 미군이었다. 때마침 앞잡이와 군 부대원 모두 미 7사단으로 예속되었으니, 앞잡이의 상관들은 오히려 미군으로부터 전폭적 신뢰를 받고 있는 앞잡이의 눈치를 보기에 이르렀다. 이를 간과할 리 없는 앞잡이는 간단한 생활 회화와 손짓 발짓 눈짓까지 동원하며 자신의 계급 상황에 대해 읍소했다.

　—써. 유 노 왓. 코리안 가이 온리 크라이 쓰리 타임즈 인 라이프. 써. 원 타임 베이비. 투 타임 워. 쓰리 타임 로우 랭크. 써.

　(충성. 혹시 그거 아십니까. 한국 남자는 일생에서 세 번 눈물을 흘립니다. 충성. 첫 번째는 태어났을 때, 두 번째는 사랑하는 조국이 전쟁을 겪을 때, 세 번째는 조국을 위해 희생하고 싶지만, 그 희생이 벽에 가로막혀 자신의 뜻을 이루지 못할 때입니다. 그것이 계급 때문이라 생각하니, 통한의 눈물이 제 앞을 가립니다. 충성.)

　어째서 이 개떡 같은 영어를 미 7사단의 고위 간부인 스미스가 알아들었는지는 알 수 없다. 훗날 스미스의 후손이 종로에 영어 강사로 부임해 초급 회화반을 담당하며 한국인 수강생의 개떡 같은 콩글리시를 찰떡처럼 알아들었다는 증언에 의거해 보면, 이 가문의 탁월한 듣기 능력 때문이라 볼 수도 있지만, 일각에서는 이 가문 역시 건국 이래 줄곧 권력에 기생하며 눈치만 키워 온 미국판 앞잡이 집안이기 때문에 찰떡처럼 알아들었다는 해석도 있다. 물론, 무엇이 정설인지는 며느리도 모른다. 여하튼, 읍소에 가까운 앞잡이의 호소를 들은 스미스는 앞잡이를 특진시켜 주었다. 그 후에도 승승장구하여 그는 대위 계급장을 달고, 결국 풍의 앞에 나타나 연설을 하게 된 것이다.

자, 이제 이들은 어디로 흘러가게 되는 걸까.

초등학교에는 저녁때까지 몇 대의 트럭이 더 왔다. 그 중에는 나라를 지키겠다고 제 발로 찾아온 사람, 가족과 작별 인사도 제대로 못한 채 끌려온 가장, 자신이 발을 딛고 있는 곳이 어딘지, 왜 자기가 이곳에 있어야 하는지 영문조차 모르는 학생들이 한데 섞여 있었다. 그 누구보다 자신의 목숨을 소중히 여겼던 앞잡이는 이미 풍의 일행에게 들려준 바 있는 대사, 즉 "자랑스러운 대한의 군인들이여, 나라를 위해 죽음을 안타까워하지 마라"는 말을 억양과 호흡까지 똑같이 재현하며 읊어 댔다. 앞잡이는 아부뿐 아니라, 연기까지 능했던 것이다. 그는 삼십 년만 늦게 태어났다면, 서비스 강사뿐 아니라 투잡으로 대학로 연극까지 가능할 재목이었던 것이다. 어쨌거나 앞잡이의 일장 연설이 끝나고, 이들이 끌려간 곳은 동인동의 한 공장이었다. 이들은 이곳에서 사흘이나 대기를 했다. 그 사흘 동안 풍은 오키나와로 끌려가기 직전의 출구 없는 미로를 떠올려야 했다. 고통의 순간은 영원 같지만, 인생의 뒤안길에서 돌아보면 시간은 언제나 예외 없이 일정하게 흘러가는 법. 결국 고장 난 열차 같았던 사흘이 지나자, 시간은 다시 폭주 기관차처럼 달리기 시작했다. 아니나 다를까, 이들은 실제로 폭주 기관차를 타고 어딘가로 달려갔다. 그곳은 풍의 피난 일행이 차마 가지 못했던 부산이었다. 풍은 그곳에서 삶은 신산한 이율배반이란 걸 느꼈다. 훗날 할아버지는 이렇게 말했다.

—생은 원래 이렇게 배반적이란 거란다. 하루를 살면, 하루를 죽은 것이고, 내가 뭔가를 얻으면 누군가는 뭔가를 잃은 거지. 여기가 낮이면 저쪽은 밤이고, 여기가 여름이면 저쪽은 겨울이듯 말이야.

그러나 할아버지는 한평생 이런 생을 원망하거나 외면하지 않았다. 오히려 그는 원래 생이란 이런 거란 사실을 인정했고, 그렇기에 자신의 생에 남길 수 있는 이야기를 가치 있게 써 내기 위해 매 순간 노력했다.

풍은 부산에 오고서, '마침내 왔구나!' 하고 생각했다. 부산의 밤바람 한번 맞아 보기도 전에, 이들은 대구에서 처럼 트럭을 타고 어딘가로 이동했다. 명령에 따라 트럭 뒤 칸에 차례대로 올라타, 징집병끼리 마주 보며 나무 의자에 앉았다. 다시 인형처럼 모두 앉으니 수송병은 잠시 걷어 놓았던 트럭 뒤 칸의 천막 차양을 내렸다. 그러자 순간 어둠이 내려왔다. 아무것도 볼 수 없었다. 눈을 떠도 눈을 감은 것 같은 암흑이 이동하는 내내 이들의 시간을 무겁게 억눌렀다. 간혹 돌부리에 걸려 덜컹거릴 때, 차양이 흔들렸다. 그 사이로 미약한 빛이 손 내밀었다. 그 찰나의 손길에 흠뻑 젖은 소년병의 눈동자가 드러났다. 트럭이 흔들릴 때마다 젖은 눈동자가 반짝거렸다. 어딘가에 비가 새는지 바닥에 물이 떨어지는 소리가 들렸다. 똑 똑 똑 또 으흐흑. 몇 번의 빛이 더 흔들렸고, 바닥의 물소리마저 익숙해졌을 즈음 다시 눈을 뜰 수 없을 정도의 빛이 들어왔다. 풍과 사내들, 소년들은 일제히 감당할 수 없는 햇빛을 손으로 가리며 눈을 찌푸렸다.

―전원 하차! 모두 앞에 보이는 배에 승선한다. 지금
실시!

품이 큰 군복과 맞지 않는 군화가 어색한 소리를 내며
움직였다. 낯선 소리를 내며 모두 승선하자 뱃고동이 울
렸다. 이들의 생은 또 어딘가를 향해 흘러가는 것이다. 배
를 처음 타 본 학생들이 구역질을 했고, 구역질조차 않는
녀석들은 눈물을 바람에 뿌렸다. 그 바람은 아마 이들의
고향으로 실려가 문자 없는 편지가 될 것이고, 가사 없는
노래가 될 것이다. 풍은 이 순간이 언젠가 겪은 것 같다고
느꼈다. 그리고 그 예감은 정확히 맞았다. 사흘 뒤 배가
도착한 곳에는 일장기가 펄럭이고 있었다.

3

이들은 왜 일본까지 오게 된 것인가. 굳이 할아버지의
입을 빌리지 않더라도, 사료는 이들이 요코하마 항에 도
착했음을 알려 준다. 그리고 이들은 다시 육로로 이동해
후지산 밑에까지 간다. 왜 후지산 자락 아래냐면, 그곳에
바로 '미 7사단'이 있었기 때문이다. 그리고 놀랍게도, 이
곳에서 풍은 얼마 뒤 그의 인생을 바꿀 또 한 명의 인물을

만나게 된다.

그 인물은 앞서 소개된 바 있는 레이먼드 스프루언스와 밀접한 연관이 있는 자로서, 이 인물은 일단 필리핀에서 스프루언스를 만났었다. 이 둘은 파이프 담배를 즐기던 자로서, 필리핀에서 귀했던 파이프 담배를 나눠 피우던, 즉 말하자면 '끽연지기'였던 것이다. 그렇다고 해서 이들이 계급까지 같았던 것은 아니니 스프루언스는 이제 퇴역을 앞둔 해군 사령관이었고, 이 새로운 인물은 당시 막강한 실세였던 극동군 최고 사령관이었다.

당시 미국은 물론, 극동 아시아 전체를 총괄하고 있었던 이 인물은 웨스트포인트 사관학교를 수석으로 졸업한 자였는데, 이 인물에게는 눈물 없이는 들을 수 없는 아픈 과거가 있었다. 그것은 바로 요즘 문제가 되고 있는 빵 셔틀, 즉 학내 폭력에 관한 것이었는데, 아니나 다를까 훗날 성공한 이 인물은 사실 젊은 시절 교내 폭력 문제로 숱한 방황을 했었다. 그가 맞았는지 아닌지는, 명예 훼손 문제도 있고 나도 사실 여부를 정확히 확인하지 못해 차마 신지는 못하겠지만, 좌우지간 당시 웨스트포인트 사관학교는 폭력 문제가 심각했다. 선배들은 허울뿐인 '권투 시합'을 빙자해 후배들에게 폭력과 가혹 행위를 일삼았고, 이 때문에 일부 사관 후보생들은 학교를 그만두었고, 심지어는 자살을 해 버렸다. 이 사실이 알려지자 당시 윌리엄 대통령의 지시로 의회에서 청문회까지 열렸는데, 이는 이 인물에게 상당한 심적 고통이 되었다. 그는 (역시 확인할 순 없지만 학교 폭력 피해자와 동일한 심정에서) 가해자를 고발한 것인지, 아니면 군인의 신분으로 침묵해야 할 것인지 심각하게 고민하기에 이르렀다. 결국 그는 양심에 따라 가해자를 고발하긴 했지만, 그날 이후로 그가 궁극적으로 얻은 결론은 '폭력은 피해야 한다'는 것이었다. 마침 필리핀에서 파이프 담배를 피우며 이러한 생각을 복기하고 있었는데, 옆에서 파이프 담배를 뻔뻔하게 얻어 피우던 스프루언스가 이런 말을 해 댔다.

—자네, 왜 우리가 일본에 원자폭탄을 떨어뜨리기로 결심했는지 아는가? 그건 바로 조선의 한 청년 때문이었네.

물론, 그다음 이야기는 이미 당신이 아는 바대로다. 우리가 모두 아는 그 스토리를 들은 이 인물은 그 청년에게 깊은 감동·감화를 받았는데, 그건 두말할 나위 없이 총자루 하나 메지 않고 총알이 빗발치는 전장에서 자신의 메시지를 온몸으로 주장한 그 평화적 방식 때문이었다. 사령관은 이 청년의 이름을 똑똑히 기억해 두었다. 훗날 대통령이 된 아이젠하워보다 훨씬 월등한 성적으로 웨스트포인트 사관학교를 졸업하고, 군에서도 승승장구했지만 젊은 날의 폭력 문제 때문에 극심한 고민에 시달려야 했던 이 인물은 훗날 풍을 만날 수 있을지 없을지도 모르면서, 그저 막연하게 그 이름을 외워 뒀다. 그리고 풍이 자신의 입으로 그 이름을 외치는 걸 들은 순간, 자기 귀를 의심하지 않을 수 없었다.

자, 조금만 더 참으시라. 여기는 다시, 후지산 밑의 미 7사단.

앞잡이는 이제야 풍을 본격적으로 괴롭힐 수 있겠다는 생각에 트집을 잡아 체벌을 내리고 있었다. 일본군으로 징집당해 병장 제대를 한 풍은 그 경력을 인정받아 하사 계급장을 달고 있었다. 풍채는 물론 계급도 일반병이 아니었으니, 공개적으로 체벌을 받을 만한 짬밥은 절대 아니었다. 그러나 앞잡이가 누구인가. 한때 인간 이리 떼의 수장으로서, 강자 앞에 약하고, 약자 앞에 강해야 하는 약육강식의 세계에서 오로지 비열함 하나로 살아남은 자 아니던가. 이제 제복이 부여한 합법적인 권력을 빌미로 앞잡이는 풍에게 모욕적인 얼차려를 주고 있었다. 우리가 상상할 수 있는 갖은 얼차려, 즉 가볍게는 팔굽혀펴기, 토끼뜀 뛰기, 좌로 굴러 우로 굴러부터, 앉아서 걸어는 물론, 원산폭격과 허리 비틀기와 트럭 사이를 기어다니는 쥐잡기까지 시켰으니, 강인한 체력과 끈기의 소유자인 풍도 기진맥진하여 녹초가 되었음은 당연했다. 그러나 여기서 만족할 앞잡이가 아니었다. 그는 끊임없이 풍을 웃음거리로 만들 속셈으로 관등성명을 강요했으니, 풍은 앉으며 "하사 이풍!", 일어서며 "하사 이풍!"을 외쳐야 했다. 이 정도로 만족했다면 좋았건만, 모든 것이 과하면 화를 부르는 법. 앞잡이는 지난날 자신의 유일한 자랑거리였던 마성(馬性)*이 풍에 의해 한낱 장식거리에 지나지 않게 된 점이 억울해, 더욱 크게 관등성명을 외치게 한 것이다.

앞잡이의 만행에 신도 인내심의 한계에 도달한 것일까. 아니면, 줄곧 '풍'이라는 이름을 영혼에 각인한 자가 품은 소망의 결과일까. 다른 사람들이라면 지나쳤을 법한 데시벨이었건만, 여기서 한 인물이 마치 누군가 자신의 귀에 대고 '풍!'이라고 질러 대는 듯한 외침을 듣게 된다. 이 위인은 앞서 말한, 폭력의 문제로 청춘을 방황하며 보냈던 바로 그 인물이다. 마침 회의 중이었던 그는 모든 부하 직원들에게 무슨 소리를 듣지 못했냐고 되물었다. 순간 그 어느 누구도 즉답을 하지 못하는 묘한 상황이 연출되

---

* 상기하자면, 말 자지.

84

는데, 한때 등장한 바 있는 라이언 하사가 다시 등장한다. 잊었는가. 보수적인 앨라배마에서 자라 한때 오키나와 전투에 참전한 바 있으며, 품의 주머니에서 한글로 쓰인 편지를 찾아 "이 인물이 한국인!"이라고 외쳤던 라이언 일병 말이다. 그는 원폭 투하에 중대한 결정을 내린 공로가 인정돼 순식간에 3계급 특진을 했다. 그리고 당시 극동 최고 사령관의 당번병으로 근무 중이었다. 라이언 하사가 된 라이언 일병은 이렇게 말했다.

— 전쟁의 고통 속에서 절규하는 자의 울부짖음이 들립니다.

라이언 하사가 이 발언을 한 것은 지금 우리가 비록 참전 중이지만, 전쟁의 궁극적인 목적은 조속한 시간 내에 평화를 회복하는 것이며, 이를 위해서는 제복을 입은 군인들이 누구보다 우선 희생해야 하며, 그러기 위해서는 항상 고통 속에서 대규하는 민초들의 울부짖음에 귀 기울여야 한다는 뜻의 발언이 아니라, 권위적이고 보수적인 앨라배마에서 자란 그의 어린 시절 경험이 반영된 발언으로써, 장군이 말을 하면 무어라도 대꾸를 해야 한다는 강박관념이 낳은 결과였다.

그러나 이미 심장이 흐물흐물하게 녹아 버린 탓인지 이 극동 최고 사령관은 더욱 달팽이관을 열어 기어코 그 울림이 '퐁!'이었다는 것을 알아내고야 만다. 그리하여 라이언 하사는 또 한 번 오키나와에서와 마찬가지로 명령을 받아 퐁을 찾기에 이른다. 이번에는 절규하며 횡으로 달리는 젊은이가 아닌, '밤'이라고 끊임없이 외치는 젊은이가 아닌, 기지 어딘가에서 '퐁'이라고 외치고 있는 젊은이를 찾아서 말이다. 마침내 다시 한 번 퐁을 찾아낸 라이언 하사는 통역관에게 뭐라 뭐라 뭐라 말을 했고, 통역관은 여전히 관등성명을 외치고 있던 퐁에게 이렇게 말했다.

— 맥아더 총사령관께서 찾으시네.

앞잡이는 물론, 퐁조차 입을 다물지 못했다.

*

이날 후로 퐁은 탄탄대로를, 앞잡이는 악화 일로를 걸었다.

오키나와에서 목숨을 걸고 적진을 뛰어다니던 퐁의 활약에 크게 감명받은 맥아더는 퐁이 이번 전투에서도 대활약을 할 것을 믿어 의심치 않았다. 아니나 다를까, 사령관의 집무실에 등장한 풍은 웬만한 미군 병사보다 건장한 체구에 건강한 땀을 뚝뚝 흘리며 눈빛마저 이글거리고 있는 게 아닌가. 이는 실상 앞잡이로부터 받은 얼차려 때문이었지만, 이유야 어찌 됐든 뭐가 중요하랴. 이미 풍의 단점까지도 장점으로 해석하려고 마음먹은 맥아더는 이 강인한 인상을 결코 떨쳐 내지 못했다. 그 후 풍은 이례적으로 체력 테스트와 전투 훈련, 실전 훈련 등을 통해 그 출중한 능력을 인정받았고, 총사령관의 애정과 전폭적인 지원하에 자신의 소대를 맡기에 이르렀다. 아울러, 전쟁의 영웅이자 평화의 영웅인 풍을 이유도 없이 벌준 앞잡이는 가장 굴욕적인 2계급 강등을 당해, 순식간에 대위에서 소위로 옷을 갈아입는 굴욕을 맛봐야 했다.

이후의 이야기 역시 한 권의 책으로 써도 손색이 없을 만큼 방대하고 기똥차나, 일단은 시간 관계상 짧게 말씀드리겠다. 그다음 이야기가 더 방대하고 기똥차기 때문이다. 역사가 증명하듯, 할아버지는 미 7사단과 함께 인천 상륙작전에 투입됐다. 그리고 할아버지가 이끈 소대는 혁명적인 전투력으로 그야말로 혁혁한 공을 세웠다. 여기에 할아버지의 과장이 약간 보태진 것 같은데, 할아버지에 의하면 적군들은 할아버지가 인천에 내리자마자 이미 겁에 질려 줄행랑을 쳤다고 했다. 할아버지는 차마 등을 보이고 뛰어가는 적군에게 총을 쏠 수 없어 그저 그들의 처량한 퇴각을 바라만 보고 있었지만, 뜻하지 않는 경험을 하게 됐다. 그건 그 줄행랑의 대열에 앞잡이도 끼어 있었기 때문이다. 굳이 신과 나눈 대화까지 들먹이지 않더라도, 앞잡이는 누가 보더라도 부대를 이탈하는 것으로 보였다. 갑자기, 따끈한 엄마 밥이 먹고 싶었던 걸까. 아니면, 2계급 강등을 당해 자신을 따르던 이리 떼들 앞에서 꼴이 말도 아니 돼 버렸기 때문일까. 아니, 굳이 따져 보자면 앞잡이는 애초부터 먹고살 방편으로 군복을 입은 것이다. 그런데 전쟁이 나 버렸고, 풍까지 그의 인생에 다시 등장했다. 앞잡이의 입장에서 보자면, 그의 인생 역시 꼬일 대로 꼬여 버린 것이다. 따라서 앞잡이는 자신의 모든 상황을 새로 세팅하고 싶은 이른바 회귀본능을 느낀 것이다. 그에겐 어수선한 이 상륙작전이 혼자서 몰래 도망치기 가장 좋은 시기였다.

그러나 풍이 누구인가. 자신의 유일한 사랑 밤을 겁탈하려 했던 앞잡이가 자신의 눈앞에서 도망치는 것을 도저히 묵과할 수 없는 바로 시대의 풍운아 아닌가. 게다가 언제 다시 앞잡이가 이리 떼들과 함께 밤을 습격해 몹쓸 짓을 저지를지 모르는 일이었다. 그리하여 우리의 순정남 풍은 자신의 유일한 사랑 밤이 걱정되어 또 한 번 적진을 향해 달렸다. 앞잡이를 뒤쫓는 풍이 이번에도 역시 '밤'의 이름을 외쳤음은 물론이다. 그런데, 이 광경이 또 의도치 않은 결과를 낳았는데, 멀리서 본다면 적진을 향해 죽어라 뛰어 들어가는 풍의 모습은 이제 갓 상륙한 한미 연합군의 귀감이 되기 그지없었던 것이다. 게다가 도망치는 적군을 단 한 명이라도 더 잡겠다는 기세로 달려가며, 자신의 안위 따위야 상관없다는 듯 '폭격하라!(Bomb!)'며 외치고 있었으니, 미군과 소대원들은 적진에 폭격을 쏟아부으면서도 속으로 모두 감동의 눈물을 줄줄줄 흘렸다. 그리하여 혈혈단신으로 적진에 뛰어들어 적군을 추격하였으나, 털끝 하나 다치지 않고 무사히 살아온 풍은 그야말로 부대의 영웅이 되었다. 이를 멀리서 지켜본 파이프 문 사령관은 진정한 군인은 죽을 수밖에 없는 상황에서도 결코 죽지 않는다는 깨달음을 얻었다. 그리하여 그는 훗날, 자신이 은퇴할 때가 되어 이런 말을 남긴다.

— 노병은 죽지 않는다. 다만, 사라질 뿐이다.

여하튼, 내막이야 어찌 됐든 간에 풍은 또 한 번 혁혁한 공을 세워 다시 2계급 특진을 하였고, 자신은 아니라고 끝까지 잡아뗐지만 여하튼 전시 중 부대 이탈을 꾀했던 앞잡이는 영창을 가는 걸 모면하는 대신 다시 한 번 굴욕적인 2계급 강등을 맛봐야 했다.

4

사연이 여기서 끝나고 휴전이 되었다면 이야기는 깔끔하게 맞아떨어질 텐데, 그건 픽션에서나 가능한 법이고 어디 우리 인생이 그렇게 깔끔했던 적이 있던가.

자, 금쪽같은 시간. 핵심부터 말하자면, 풍은 이제 전쟁 영웅이 되어 전출을 간다. 당시 서부 전선에서 북한군의 막강한 전력에 밀려 열세를 면치 못하는 부대가 있었는데, 상부에서는 이 부대에 풍의 소대가 가면 큰 도움이 될 것이라 판단했다. 예상했겠지만 이렇게 이야기가 끝날 리 만무하고, 안에서 새는 바가지 밖에서도 샌다고 풍에게 골칫거리였던 앞잡이는 어느새 7사단의 골칫거리가 돼 버렸다. 그리하여 풍의 부대를 전출 보내며, 슬쩍 앞잡이까지 끼워 넣게 된 것이다. 아니, 이 무슨 끼워 팔기도 아니고, 어째 이런 일이 있을 수 있느냐(!)고 반문할지 모르지만, 사람마저 죽이고 가족과도 생이별하는 전쟁 중에 무슨 일이든 못 일어나겠는가. 여하튼 이리하여, 풍과 앞잡이는 다시 한 번 기묘한 인연으로 같은 부대로 차출이 되었다.

허나, 우리네 인생이 그러하듯 오르막이 있으면 내리막이 있는 법. 풍의 탄탄대로 기운보다 앞잡이의 악화 일로 기운이 더 셌는지, 이 부대는 그만 수천 명이 전사하고, 수만 명이 부상을 입어 전투에서 적군에게 패하고 만다. 여기서 잠깐 내 이야기를 하자면 사실 나는 몹시 섬세하고 심약하여 소녀 독자들이 싫어하는 표현을 꺼리지만, 이 모든 것이 독자의 이해를 돕기 위한 것이니 부디 이해해 주기 바란다. 이 처절했던 전투의 광경을 조금이라도 아니 묘사할 수가 없는 것이다. 조금만 말하자면 사상자의 시체가 탑처럼 쌓여 있었고, 피가 강물처럼 바닥을 흘러 다녔고, 부상자의 잘린 팔과 다리가 여기저기 널려 있었고, 팔이 떨어져 나간 병사들이 마치 살아 있는 시체처럼 자신의 팔을 주우러 다녔다.

그나마 여기서 이야기가 끝난다면 아직은 깔끔하다 할 수 있으나, 어디 우리 인생이 그렇게 깔끔했던 적이 있었던가. 풍과 앞잡이를 위시한 이리 떼들은 그만 북한군의 포로가 되고야 만다. 게다가, 당시 군 전력 수급 문제로 고민하던 북한군은 국군 포로에게 인민군복을 입혀 전투에 나서게 했다. 물론 이들에게 총을 들이밀었음은 두

말할 나위 없고, 독자의 이해를 잠깐 돕자면 포로 중에 말을 듣지 않는 한두 명쯤은 본보기로 처단했을 수도 있다는 것을 살짝 귀띔하는 바이다. 이리하여 신은 마치 한 국가의 역사를 요것조것 인용하며 설명하기 귀찮으니 한 인물의 생을 예시로 통째로 설명하겠다는 듯, 풍에게 모든 일을 경험하게 한다. 어디 한 나라뿐이겠는가. 그 속에 동아시아, 나아가, 세계의 역사가 끼어들었다 해도 과언이 아니니, 달리 내가 이 이야기의 제목을 '풍의 역사'로 붙였겠는가. 그야 어찌 됐든, 결국 풍은 이런 복잡한 과정을 거쳐 결국은 일본 제국군복과 대한민국 육군복에 이어 급기야, 인민군복을 입기에 이르렀다. 끝으로 여기서라도 사연이 끝났다면 최악은 면할 텐데, 날이 갈수록 상승했던 앞잡이의 악화 일로 기운 탓인지, 아니면 결국은 다시 남으로 오게 될 풍의 운명 덕인지, 여하튼 풍과 앞잡이 그리고 그를 따라다니는 — 명도 지지리 긴 — 이리떼들은 낙동강 전투에서 미1 기병사단에게 그만, 시원하게 패배해 버리고 만다.* 그리하여, 이번에는 국군의 포로가 돼 버린 것이다. 아하, 이 무슨 운명의 호작질인가. '그

---

* 수세에 몰린 앞잡이가 목숨을 부지하고자 맥락 없는 솔선수범 정신을 발휘, 백기를 들고 투항한 데서 이 패배는 비롯되었다.

래, 결국, 그 오랜 방황을 거친 후 이제야 제 품에 돌아왔구나'라고 생각했다면 미안하지만 그 역시 착각임을 조심스럽게 알려 드린다. 이야말로 무슨 운명의 얄궂은 희롱질인지 국군은 풍의 과업을 공식적으로 인정하지 않았다. 좀 더 솔직히 말하자면, 존재 자체를 부인했다. 그는 자신의 이름이 '이풍'이며, 이풍은 인천 상륙작전에도 참가했으며, 그 공을 인정받아 차출되었지만 인민군과의 전투에서 포로로 잡히는 바람에 인민군복을 입게 되었고, 이 긴 질곡의 역사와 우여곡절 끝에 다시 국군의 포로가 되었다고 항변했다. 하지만 국군은 마지막으로 풍이 입은 군복을 보고 공식적인 판단을 내렸다. 전시 중이라 확인이 어려웠을 수도 있지만, 어쩌면 이들은 고의적으로 이 사실을 외면했는지 모른다. 아니, 어쩌면 그 사실을 다 알고 있더라도, 인민군복을 입고서 자신들의 전우를 향해 총을 겨눈 사람을 용서할 수 없었는지도 모르겠다. 말하자면, 풍의 사정을 머리로는 이해했지만, 가슴으로는 용서할 수 없었기에 죄과를 치르게 한 것이다.

그 탓인지 할아버지는 이 이야기를 할 때면 언제나 떨리는 눈으로 쓸쓸한 표정을 짓곤 했다. 어쩌면 할아버지도 공식적으로 자신의 과업을 인정해 주지 않은 국군의 심정을 이해했는지도 모른다. 나는 이 이야기를 하는 할아버지의 표정을 볼 때마다, 어쩐지 단 한 번도 본 적 없는 김천지의 표정을 보는 것 같았다. 피난길에 자식들을 모두 떠나보낸 뒤, 혼자서 조용히 집으로 돌아왔다는 김천지 말이다. 그러고 보면 생이란 참으로 이해할 수 있을 듯하면서도 이해할 수 없는, 사연 많은 여인 같다. 알 수 있을 듯하면서 알 수 없고, 기쁜 것 같으면서도 쓸쓸하고, 통쾌한 것 같으면서도 억울한 것 같은. 할아버지는 그래서 언제나 살아 볼 만하다고 했다.

*

섬바람은 5월이었지만 찼다. 이제 오갈 데 없이 인생의 막장에 다다른 앞잡이는 이대로 자신의 생이 끝나는 게 아닌가, 하는 위기감에 휩싸였다. 그리고 그 위기감이 자신을 덮을수록 앞잡이는 더욱 잔인해졌다. 하긴 이미 중도에서 몹쓸 짓이란 몹쓸 짓은 다 저질렀고, 엉겁결에 참전한 전쟁에서 사람마저 죽인 앞잡이가 아니던가. 앞잡이는 이제 나락으로 떨어진 자신의 삶을 회복하기 위해선 그 어떠한 짓이라도 저지를 수 있을 것 같았다. 물론, 이 모든 결심의 핵심적인 이유는 자신의 존재 이유라고 여겼던 마성(馬性), 즉 말 자지를 풍파의 격전으로 잃어버렸기 때문이다. 이래서 사람은 레종 데트르, 즉 존재의 이유를 잃어선 안 되는 것이다. 여하튼, 이제 이곳은 1952년 5월의 거제도 신현읍. 말하자면, 거제도 포로수용소이다.

앞잡이는 여타 포로들과 함께 노역을 하고 있었다. 군에 복무해 본 사람이라면 누구나 알듯이, 삽질은 모기의 존재만큼이나 무용한 것이다. 눈치 빠른 앞잡이가 이를 모를 리 없었다. 그도 그럴 것이 그제는 수용소 왼쪽 마당을 팠다가 어제는 왼쪽 마당을 메우고, 오늘은 다시 오른쪽 마당을 파는 식이었다. 이 기나긴 삽질에는 음모가 있을 거란 생각이 들었다. 한평생 남의 눈치를 보며 살아온 앞잡이의 추측으론, 단지 노역이란 합법적인 테두리 안에서 행해지는 가혹 행위에 지나지 않았다. 포로들의 육체를 피곤하게 하여, 밤이면 쉽게 곯아떨어지게 하는 게 목적인 듯했다. 몸이 피곤하면 반역이고 뭐고 아무런 생각이 들지 않고, 잠이나 자고 싶은 게 바로 사람의 심리다. 이러한 작전은 대부분의 포로들에게 주요하게 먹혀들었다. 곳곳에서 "아이구 삭신이야", "에구구구", "으허허허", "아호호호" 하는 비명이 새어 나왔다. 아나나 다를까, 이때 당시 거제 포로수용소에 수감된 인원은 북한군 15만 명은 물론이거니와 의용군과 여성 포로 3천여 명에 중공군 2만 명까

지 있었으니, 이곳은 그야말로 비명의 박물관이자 신음의
집합소였던 것이다. 으음… 아… 아… 아! 그런데, 여기서
그냥 남들처럼 신음이나 하며 지냈다면 우리가 알고 있는
앞잡이가 아니다. 앞잡이는 예의 그 둥근 상처가 그어진
눈을 번뜩이며, 어떡하면 나락으로 떨어진 자신의 입지를
다시 올려놓을 것인지 밤낮으로 궁리하고 있었던 것이었
다. 그러던 차에 앞잡이는 자신의 귀를 번뜩이게 하는 대
화를 듣게 된다.

　　―고, 고나조나 고향에서는 여서 한떼까리 해 좋음 하
더구마.(그나저나 북에서는 여기서 누군가 반란을 일으켜 줬으
면 한다는데.)
　　―말 마라. 고저 죽 멕고 뭔 힘이 남아돌아가 대가리
총 맞지 않고서이, 언 누가 미친 짓 하메.(말도 마라. 미치
지 않고서야 누가 그런 미친 짓을 하는가?!)

　　뭐, 대충 이런 이야기였는데, 이를 놓칠 앞잡이가 아니
었다. 추궁과 설득과 회유와 협박과 애교를 곁들인 끝에,
앞잡이는 마침내 이들 대화의 맥락을 파악할 수 있었다.
내용은 이러했다.

이때 당시 북한은 유엔군과 포로 교환 협상을 벌이고 있었다. 일단, 유엔군의 주장은 포로의 국적에 상관없이 개인의 자유의사에 따라 포로들이 돌아갈 곳을 남한, 북한, 중공, 대만 중에 택하게 하자는 것이었다. 이에 반해 공산군은 모든 북한군·중공군 포로는 무조건 고국으로 송환돼야 한다고 주장했다. 유엔군의 입장에서 보자면, 북한의 주장대로 포로를 전원 강제 송환할 경우, 북에 돌아가기 원치 않는 포로마저 북으로 돌려보내는 것을 공식적으로 용인하는 꼴이 되었다. 이는 이 전쟁의 대의명분이었던 인도주의에 어긋나는 것이었다. 반면 공산군의 입장에서는 포로들이 북한이나 중공으로의 귀환을 거부할 경우, 미제를 추방하고 남한을 해방시킨다는 전쟁의 명분이 퇴색될 뿐만 아니라, 군 내에서도 이 전쟁의 정당성에 대해 의구심을 가질 자들이 생길 것으로 우려되었다. 이로 인해 포로 교환 회담은 중지된 상황이었는데, 유엔군 측의 제안으로 한 달 전인 4월 19일에 회담이 재개된 것이다.

사실, 공산군이 회담 재개를 수락한 이유는 유엔군 측에서 공산 포로 중에 고국 송환을 원치 않는 이는 만 6천명 정도에 불과할 것이라 했기 때문이었다. 그런데 대규모 개인 면담을 실시한 결과, 공산권으로 돌아가길 거부한 포로는 실제로 6만 명에 달했다. 이에 공산군은 유엔군의 구두 발표는 현실과는 괴리된 기만적 발표라며 다시 포로의 강제 송환을 요구했다. 그로 인해 4월 25일부로 회담은 또다시 중단됐다.

그건 그렇고, 이게 과연 앞잡이와 삽질 중인 포로들의 대화와 무슨 상관이 있단 말인가. 자, 여기서부터 중요한 대목이 드러난다. 공산군은 폭동이 일어나길 바랐던 것이다. 미군의 위신을 실추시키고 유엔군의 협상 입장을 불리하게 만들 목적으로 바로 남한 포로수용소 내에서 폭동이 일어나길 바랐던 것이다. 당연히 그곳은 거제 포로수용소였다. 그리고 그 폭동을 일으킬 사람은 다름 아닌 앞잡이일 거라는 것은 이제 누구나 예측할 수 있는 사실이다. 공산군의 계획대로 '누군가'가 소요를 일으켜 주고, 이를 진압하기 위해 유엔군이 발포를 하여 희생자가 발생할 경우, 인도주의를 대의명분으로 내건 유엔군의 입지는 현저하게 좁아질 것이 분명해 보였다. 그럴 경우, 포로의 귀환 심사 역시 그 공정성을 담보할 수 없기 때문에 자유 의사 송환이 아닌, 강제 송환 방식의 주장이 훨씬 탄력을 받게 됨은 자명했다.

여기까진 공산군 수뇌부의 사정이었고, 앞잡이는 오로

지 소멸 직전의 자기 인생에 다시 불꽃을 피우겠다는 속셈으로 소요를 일으키기로 작정한다. 그리하여 이야기는 다시 1952년의 5월 거제 포로수용소로 돌아온다. 정확한 날짜는 5월 7일.

앞잡이에게는 다행히도 한 번 맛을 보면 잊지 못한다는 권력에 중독된 이리 떼들이 있었다. 비록 권력의 수하에 불과했으나, 이리 떼들은 자신들이 수인의 몸이 되어 이곳에서 삽질이나 하는 신세가 될 줄은 몰랐다. 이런 자들의 특징은 기이한 피해 의식에 젖어 있다는 것인데, 이들 역시 그랬다. 이를 충분히 활용할 줄 아는 앞잡이는 불이 꺼진 취침 시간의 수용소에서 낮지만 확실한 어조로 호소했다. 그리고 이때껏 그래 왔듯, 자신의 주장을 펼칠 때면 등장시켰던 가식적 수사의 방편인 존댓말로 이리 떼의 영혼에 호소했다.

─동무들이여. 인간은 누구나 공평합니다. 우리는 주어진 시간의 범위 내에서 생을 살아갑니다. 그런데, 불행히도 그 생의 시간은 우리가 할 수 있는 일과 하고 싶은 일을 하기에도 부족합니다. 그렇다면 어떡해야 합니까. 우리는 생을 주체적으로 살아야 합니다. 주체적인 삶! 우리는 각자의 삶을 쓰는 작가가 되고, 각자의 삶을 연출하

는 연출가가 되고, 각자의 삶을 실천하는 주인공이 되어야 합니다. 그러나 우리는 그럴 수 없습니다! 왜 그렇습니까? 갇혀 있기 때문입니다. 그건 누구 때문입니까. 바로 자신들의 권력 다툼에 우리를 제물 삼아 희생양으로 만든 미제 때문입니다. 그리고 그 미제의 앞잡이는 누구입니까. 그건 슬프게도 우리가 몸담았고, 이제는 우리를 외면한 바로 저 국군들입니다.

우리는 인민군복이라는 원치 않는 가면을 쓰도록 강요받았고, 저들은 강요당한 가면 뒤의 진실을 외면하고 있습니다. 자, 이제 일어서야 합니다. 주장해야 합니다. 입으로, 주먹으로, 온몸으로. 우리가 죽을 수 없다는 것을. 우리가 살아 있다는 것을. 이대로는 살 수 없다는 것을. 인민의 힘으로 이들을 응징해야 합니다.

이 음산하고 어처구니없는 주장은 큰 반향을 일으켰다. 게다가 이 주장은 퍼지고 퍼져 수용소까지 끌려온 모든 이리 떼들의 전폭적인 지지를 얻게 되었다. 사실 이 주장은 앞잡이가 이리 떼들에게 국군의 옷을 입자고 해방 직후 주장한 논리와는 정반대되는 것이었지만, 이리 떼 중 그 누구도 토를 달지 않았다. 비록 수하에 불과했으나, 높은 자들이 떨어뜨리는 권력의 달콤한 술맛을 본 이리 떼들에게 논리 따위는 중요치 않았다. 설사 논리를 따져 본다 한들, 사실 이들은 날 일(日) 자도 모르는 일자무식이 아니었던가. 이들에게 필요한 것은 그저 '일어서자', '죽을 수 없다', '응징하자' 따위의 심장을 방망이질 치기에 충분한 몇몇 단어뿐이었다.

5

앞잡이와 이리 떼의 눈에선 광포한 화염이 활활 타오르고 있었다.

잠깐 내 이야기를 하자면, 사실 나는 이 대목만은 할아버지의 허풍이길 바랐다. 하지만, 우리의 역사는 이 포로 수용소의 소요 사건이 105명의 사망자를 냈다고 증언하고 있다. 슬프게도 그렇다. 앞잡이와 이리 떼들은 이른바 '인민재판'을 열어, 미제에 동의하는 인민군 포로들을 학살하는 끔찍한 짓을 자행한 것이다. 나 역시 할아버지처럼 이야기를 좋아하는 한 사람으로서 이 대목까지 자세히 말해야 한다는 책임을 느끼지만, 솔직히 말해서 세세히 이야기하고 싶지는 않다. 그건 나는 누구의 삶이나 웃으며 회자되어야 할 가치가 있다고 믿기 때문이기도 하고, 실제의 삶이 아무리 진흙 속에서 눈물을 흩뿌린 이야기였다 하더라도, 약간의 가감과 각색으로 우리네 인생을 살 만했던 것으로 기억하고 싶기 때문이기도 하다. 따라서 압축해서 말하자면 사건은 이렇게 발생했다.

풍은 이제 비록 계급장 하나 없는 수인의 몸에 불과했지만, 이곳까지 함께 끌려온 자신의 소대원들을 끔찍이 아끼고 존중했다. 그것은 계급장을 떠나 생명의 불꽃이 사그라지고 다시 붙는 전장에서만 공유할 수 있는 궁극의 유대감이었다. 만약 이들 사이에 연결된 감정의 고리를 선으로 표시한다면 풍과 소대원들은 수만 개의 끈으로 묶여 있다 해도 과언이 아니었을 것이다. 그런데 이 소대원들 대부분의 생명의 불꽃이 이리 떼가 자행한 인민재판에서 꺼져 버렸다. 한순간이었다. 아슬아슬한 생의 줄타기를 애처롭게 해 오던 생명들이 순식간에 사라져 버렸다. 포로수용소는 삽시간에 아비규환이 되었다. 밖에서는 총탄과 포탄이 오가는 전쟁이 벌어지고 있었고, 안에서는 같은 인민군 포로끼리 벌이는 사상 검증 심판이 벌어지고 있었다. 이른바 '친공 포로'라 불리는 공산군 포로들이, 전향을 하여 북으로 돌아가길 거부하는 '반공 포로'들을 숙청하기에 이른 것이다. 그런데 어째서 이런 일이 가능했던 것일까.

자, 잠시 시간을 앞으로 돌려 보자. 비열하고 야비한 잔머리라면 노벨상을 받아도 손색이 없을 앞잡이는 몇 시간 전, 포로 수용자 대표로서 수용소 책임자인 도드 준장에게 면담을 요청했다. 물론 예의 그 말도 안 되는 개떡 같은 영어로 손발을 동원하여 설명을 했는데, 도드 준장도 이미 한국 생활에 익숙해진 탓인지 앞잡이의 콩글리시 발음이 그만 구수하게 들려 찰떡처럼 알아듣고야 말았다. 이때까지 분위기는 그나마 좋은 편이었다. 우선 모든 회담이 그러하듯 일단은 속셈과는 상관없는 겉치레성 주장이 등장했다.

—콜드 앤 헝그리. 푸드 앤 메더신. 엑스트라.(인민은 춥고 배고프다. 생존에 필요한 밥과 약을 달라. 그리고 우리의 인권을 존엄히 행사할 수 있는 여타 물자도 확보해 달라.)

준장은 그러자고 했다. 그런 건 전혀 어렵지 않다고 판단한 것이다.

그러자, 앞잡이는 슬슬 속내를 드러내기 시작했다.

—스톱 저지 프리즈너 익스체인지. 앤드 소비에트 저지 컨트리.(포로 교환을 위한 심사를 중지하라. 그리고 휴전과 협상을 감시하기 위해 소련을 중립국으로 내세워라.)

대대로 쿨하기로 소문난 가문의 후손인 도드 준장은 "뭐, 그러자"고 시크하게 말했다. 예상치 않게 협상이 쉽게 결론 나 버리자, 앞잡이는 당황하여 명령을 내렸다. 앞잡이는 당황하여 자신도 알 수 없는 손짓을 하게 되었고, 역시 일자무식으로 점철된 이리 떼들은 중도에서 처자들을 보쌈질하던 마성파의 본능을 뜬금없이 발휘, 전광석화 같은 실력으로 면담 중이던 도드 준장을 납치하여 포로수용소 안으로 끌어들였다. 도드 준장이 볼모로 잡히자 미군들은 꼼짝달싹할 수 없게 되었다. 섣불리 무력으로 진압했다가는 도드 준장의 목숨이 위험해지는 것은 물론이거니와, 인명 피해 없이 진압에 성공한다는 보장이 없었기 때문이었다. 혹시라도 공산군 포로 측에서 사상자가 생긴다면, 북한군이 이를 대외 선전 도구로 활용할 것은 불을 보듯 뻔한 일이었다. 차후 있을 포로 교환 회담을 생각한다면 무력 진압은 미군 스스로 무덤을 파는 꼴이었다. 결국, 미군과 국군은 앞잡이와 이리 떼의 만행을 일부 폭도들의 폭동으로 규정짓고, 내부적으로 해결될 때까지 기다린다는 결정을 내리게 되었다.

자, 이 이야기의 제목이 '풍의 역사' 아닌가. 이제껏 잠잠했던 풍은 여기서부터 활약하게 된다. 제2의 목숨처럼 여겼던 소대원들이 눈앞에서 황천길로 가 버리자, 풍은 이성을 잃어버렸다. 순간, 풍의 눈앞에 거짓말처럼 지난 일들이 펼쳐졌다. 앞잡이가 밤의 몸 위에 올라타 더러운 엉덩이를 드러내 놓고 헐떡거리던 중도의 밤, 군모에 정체를 감춘 채 음습한 목소리로 '국가를 위해 목숨을 바치라'고 강요하던 초등학교의 낮, 그리고 방금 자신의 눈앞에서 피를 뿜으며 사라져 간 소대원들과의 갑작스러운 생의 이별. 풍은 갑자기 자신의 몸 안에서 뜨거운 불길과 괴력이 용솟음치는 것을 느꼈다. 이를 주체하려 했지만, 더이상 억제할 수 없음과 동시에 자신은 여기서 죽어도 상관없다고 여기기에 이르렀다. 풍은 어느 순간 자신도 모르게,

— 아아아아아아아아아아.

라고 절규에 가까운 외침을 지르고 있었다. 그 때문에 앞잡이를 위시한 이리 떼 전원이 그 소리의 진원지를 보았다. 무릎 꿇고 바들바들 떨고 있는 자들 중에 한 거구의 사내가 주먹을 불끈 쥐고, 고함을 지르며 일어서고 있었다. 그 꽉 쥔 주먹은 분노로 떨고 있었으며, 충혈된 눈에서는 금세 핏줄이 터져 나올 것 같았다. 칠척장신의 몸에서 뿜어내는 분노의 기운은 수용소 내에서 행해지고 있던 인민재판을 순식간에 정지시켰다. 그리고 이리 떼와 앞잡

이는 그 격분의 주인공이 풍이라는 것을 확인한 순간, 찍, 오줌을 싸 버리고 말았다. 순간, 오랫동안 잊고 지냈던 중도에서의 굴욕이 이리 떼의 몸을 움츠리게 만들었고, 분노와 야욕으로 멀어 버렸던 앞잡이의 이성을 눈뜨게 만들었다. 방금까지 인민재판으로 같은 포로들을 처형하던 자들이 맞나 싶을 정도로 이들은 경직되고 말았다. 풍은 제자리에서 뛰어올라 이리 떼 스무 명의 목젖과 정수리와 명치를 삽시간에 강타해 버렸다. 중도에서의 밤처럼 이번에도 인간 이리 떼 스무 명이 다시 한 번 추풍낙엽처럼 후두두둑 떨어졌다. 이를 지켜보던 다른 소요의 주동자들 역시 다리에 힘이 탁 풀려, 앞으로 넘어지고, 뒤로 자빠지고, 어떤 이는 갑자기 "오마니"를 외치며 엉엉엉엉, 대성통곡하기에 이르렀다. 순간, 풍의 활약으로 인민재판장은 인민재판을 하던 자들을 재판하는 자리로 탈바꿈해 버렸다. 이에 무릎을 꿇은 채 바들바들 떨고 있던 '반공 포로'들은 일제히 일어나 폭동을 주도했던 '친공 포로' 측에 반격을 가했다. 불이 바람의 방향을 따라 한순간에 바뀌듯, 전세는 한순간에 역전돼 버렸다. 이는 그동안 동료들의 죽음을 맥없이 지켜봐야 했던 수치심, 그리고 이제라도 동료의 몫까지 해결해야겠다는 복수심이 뒤엉켜 있었기에 가능했다.

자, 그럼 앞잡이는 어떻게 되었을까. 앞잡이는 인천 상륙작전 때와 마찬가지로 다시 한 번 줄행랑을 쳤다. 그러나 이미 한 번 겪은 바 있듯, 그는 한순간 모든 사물이 시야에서 사라지고 세상을 태울 것만 같은 벼락 소리를 들어야 했다. 그러나 식물인간처럼 땅에 드러누워 꼼짝 못하고 하늘만 봐야 했던 이리 떼 그 누구도 실상 벼락을 보진 못했다. 그 벼락은 앞잡이의 몸에서만 치는 것이었다. 그는 몸에 백만 볼트의 전류가 흐르는 듯한 끔찍한 충격을 또 한 번 맛봐야 했다. 그럼 또 고자가 됐느냐고. 천만의 말씀. 이미 한 번 고자가 된 자가 어찌 또 고자가 될 수 있단 말인가. 그는 8년 전 풍이 내린 응징 덕분에 가진 것이라고는 이미 불알 두 쪽밖에 없는 사내였다. 그렇다면? 그렇다. 이번에는 그에게 남아 있는 마지막 자존심의 주머니, 바로 음낭이 터져 버린 것이다. 뿌지직. 그는 또 한번 이렇게 몹쓸 짓을 하다 몹쓸 짓을 당하고야 말았으니, 세상만사 모두 인과응보 아니겠는가.

여하튼 실상은 이러했으나, 역사의 그 어디에도 풍의 이름은 기록되지 않았다. 누구나 알다시피, 역사는 권력자들의 시선이 가는 곳에서만 기록되는 법이다. 공식적인 기록은 이렇게 말하고 있다.

"신임 포로수용소 소장인 준장 콜슨은 포로들의 주장을 일부 완화시켜 수락함으로써 도드를 무사히 구출해 냈다."

할아버지는 이 문장에 대해 일 획도 아쉬워하지 않았다. 할아버지는 그저 그렇게 행동할 수밖에 없었기에 했을 뿐이라고 했다. 그리고 만약 그렇게 행하지 않았다면 그것이 도리어 평생의 짐이 되어 자신을 괴롭혔을 것이라고 말했다. 어찌 됐든, 자신은 그저 "한 개인의 삶을 살았을 뿐"이라고 말이다.

그나저나 이 사건은 할아버지의 행동과는 상관없이 이 나라의 중대한 결정에 영향을 끼쳤다. 당시 대통령은 마침 반공 포로에 대해 깊이 고민하고 있었다. 비록 인민군의 옷을 입고 포로가 되었으나, 이들을 모두 북으로 돌려보낼 경우 다시 북의 전력이 될 것을 우려했다. 게다가, 이들은 어쩌면 장차 남한의 전력이 됨은 물론, 종전 후의 일꾼이 될지도 모르는 일이었다. 주장과 실천이 다른 인민군의 행태를 직접 겪고서 전향을 희망하는 반공 포로들을 더 이상 억류할 수 없다는 그의 생각은 이 사건을 계기로 더욱 확고해졌다. 이대로 반공 포로들을 친공 포로와 함께 억류해 두면 예기된 위험을 방치하는 일일뿐더러, 반공 포로마저 다시 친공 포로가 될지 모른다고 판단

한 것이다.

그리하여 그는 포로 소요 사건이 있고 2년 4개월 뒤, 남한에 수용돼 있던 반공 포로 2만 6424명을 석방했다. 이는 미군에게도 일절 언급하지 않은 일종의 탈출이었다. 1953년 6월 18일 새벽 0시를 기해 광주, 마산, 부산 등 전국 각지의 포로를 일제히 석방했다. 할아버지는 언제나 그랬듯 **그저 개인의 삶을 충실히 살았을 뿐**이었지만, 자신은 물론 자신과 같은 처지에 처한 2만 6천여 명이 자유를 되찾게 되었다. 풍은 자유를 되찾았지만 일단은 얼마가 더 될지 알 수 없더라도, 국군의 군복을 입고 휴전이 될 때까지 복무하기로 했다.

그리고 39일 뒤인 1953년 7월 27일, 장장 1129일 동안 지속돼 왔던 이 전쟁은 휴전이 되었다. 그제야 풍은 자신을 기다리던 밤과 구의 품으로 돌아갈 수 있게 되었다. 물론, 각자가 품어 왔던 이야기와 빚어낼 새로운 이야기도 이들을 기다리고 있었다.

3부

3년여 만에 돌아온 마을은 예전과 다른 옷을 입고 있었다. 7월 말인지라 예전 같으면 한창 입고 있을 초록의 옷을, 마을은 입고 있지 않았다. 잘려 나가고 꺾인 나무, 불탄 논과 밭. 마을은 어느덧 흙빛과 검은빛으로 탈바꿈해 있었다. 게다가 마을에서 몇 안 되는 건물이었던 마을 회관과 보건소, 초등학교마저 폭격으로 무너진 채 방치돼 있었다. 그 탓에 마을은 붕괴된 건물로 인한 잿빛, 살점이 떨어져 나간 자연으로 인한 흙빛, 그리고 자연과 인공을 가리지 않고 타 버린 감은빛으로 온통 뒤섞여 있었다.

마을 사람들을 괴롭히던 앞잡이는 물론 이리 떼마저 사라졌으나, 마을 사람들이 일상 속에서 웃음을 회복하는 데는 오랜 시간이 걸렸다. 말이 나온 김에 이야기하자면, 앞잡이는 기어코 살아남았다. 풍이 반공 포로 석방 조치로 석방되었을 때, 앞잡이도 석방된 것이다. 어째서 이런 일이 가능했던 것일까. 앞서 말했듯이 삼십 년만 늦게 태어났다면, 서비스 강사뿐 아니라 연기파 배우로 대학로 연극까지 가능했을 앞잡이는 완벽한 가면을 쓰고 연기를 했다. 어찌나 대사의 구성에 허점이 없고, 연기의 톤이 리얼했던지 포로 송환 심사를 하는 육군 대위는 그만 눈물을 뚝뚝 흘리며 앞잡이에게 "힘내서 새 나라, 자유 대한을 함께 건설하자!"며 다짐까지 했다. 잠시만 그 대사를 소개하자면, 이렇다.

— 충성! 대한의 건아로 태어나, 자진하여 대한민국 육군에 투신하여, 저와 뜻을 함께한 이백 동지마저 군인으로 헌신케 한 병장 ○○○입니다.(차마 앞잡이의 본명은 못 밝히겠다. 후손들에게 피해가 갈까 봐 걱정이 돼서다. 그나저나, 앞잡이는 무수한 강등을 거쳐 인민군복을 입기 전엔 어느덧 사병이 돼 있었다.) 저는 가난하지만 국가를 위해 제 할 몫을 하겠다는 신념을 가진 아버지와 오로지 당신의 역할은 이 나라의 훌륭한 일꾼을 길러 내는 것이라 한평생 믿어 오신 어머니 밑에서 자랐습니다. 저는 '중도 청년회'라는,

조국 해방을 위해 일하는 자발적 청년회를 조직하여 일제의 압제로부터 주민들을 보호하였고, 해방이 되자마자 나라 걱정에 밤잠을 이루지 못해 자진 입대하여 한평생 군인으로 살기로 결심하였습니다. 충성! 외람된 말씀이지만 저희 부대는 오늘날 우리의 목숨을 유지토록 해 준, 혁명적인 작전 인천 상륙작전에도 참가하여 혁혁한 공을 세웠으며, 이 공로를 인정받아 타 부대로 차출되는 영광까지 입었습니다. 그러나 이미 저희 부대의 뛰어난 전투력이 북한 괴뢰군에게까지 알려지자, 저희는 빨갱이들의 총력 공세에 밀려 그만 인민군의 포로가 되어 버렸습니다. 그때 저는 놀라운 사실을 알아 버렸습니다. 미력하나마 훌륭한 조국 건설을 위해 한평생을 바쳐 오신, 바로 저의 부모님들이 빨갱이들에게 인질로 잡혀 있는 것이 아닙니까! 빨갱이들은 애초부터 전투력이 뛰어난 저희 부대를 목표로 삼아 전력 투쟁한 것입니다. 그리고 그 목표의 핵심은 바로 저였습니다. 충성! 악마 같은 빨갱이들의 계획을 듣고 저는 대성통곡하지 않을 수 없었습니다. 제 가슴은 찢어졌지만, 그들은 제게 총구를 겨누었고, 그 총구는 죄 없는 저의 부모님에게까지 겨눠져 있었습니다. 그렇습니다. 저는 그들의 각본에 따라 다시 국군의 포로가 된 것입니다. 그러나 저는 단지 약간의 주장만 하려 했을 뿐,

조국을 위해 헌신한 제 부모의 이름을 걸고 맹세코, 절대, 단언컨대, 인민재판을 할 생각이 없었습니다. 그건 모두 북괴의 조종을 받고 권력욕에 눈이 먼 인간 이리 떼 때문입니다. 저는 지금이라도 북파 공작원이 되어 김일성의 목을 따 오고 싶습니다. 괴뢰군이 겨눈 총구에 지금도 떨면서 눈물을 흘리실 부모님을 제 손으로 구하고, 저 스스로 실추된 명예를 회복하고, 제가 이 나라를 위해 길러진 자유 대한의 아들이라는 것을 꼭 보여 드리고 싶습니다. 충성! 흑흑흑!

하필이면 면담을 한 대위가 육군 삼성 장군의 조카로서, 실력보다는 오로지 '빽'과 '무대뽀식 완력'으로 임명된 낙하산이었으니, 그는 앞잡이가 이때껏 조종해 왔던 무수한 이리 떼들처럼 고개를 주억거리며 닭똥 같은 눈물까지 뚝뚝뚝 흘려 댔다. 그 뒤로는 어떻게 됐냐고? 앞잡이가 제임스 본드를 능가하는 실력으로 혈혈단신 북으로 잠입해 영웅적 과업을 달성할 것이라는 대위의 기대와는 달리, 반공 포로 석방 조치가 내려진 6월 18일 새벽 0시, 그는 바람과 함께 사라져 버렸다. 이후 몇 년간 이름을 바꾸고 변장을 해 가며 장사를 한다는 둥, 가끔씩 옛 전우 행세를 하며 뻔뻔하게도 반공 교육 용사로 열변을 토한다

는 둥, 사이비 약물에 탐닉해 잃어버린 마성(馬性)을 회복
하려 울부짖는다는 둥, 그 소문만 무성할 뿐 이번에도 실
체는 아무도 알지 못했다. 우두머리가 사라지자 이리 떼
역시 그 자취를 감추어 버렸는데, 사실 그나마 남아 있던
이리 떼의 대부분은 수괴가 덮어씌운 음모로 인해 죄과
를 모조리 뒤집어쓰고 감옥에서 평생을 썩어야 했다. 물
론 가장 큰 벌을 받아야 할 인물은 앞잡이였지만, 이들 역
시 권력욕에 눈이 멀어서 거수(渠首)의 술수에 놀아나 죄
를 범한 자들이었다. 어리석은 도당은 수의를 입고 쇠창
살 사이로 하늘을 보고 밥알에 섞인 콩을 씹고 나서야 자
신들의 우를 깨닫고 후회하였으나, 엄밀히 말해 이들이
후회한 것은 '아, 내가 앞잡이보다 덜 얍삽하고, 더 멍청
했구나' 하는 현실적인 자각뿐이었으며, 이 또한 깨닫는
다 하여도 별 뾰족한 수가 없는 만시지탄에 불과하였다.
그러니, 세상만사, 제때 잘해야 하는 법.

1

앞잡이가 마을에서 사라졌음에도 불구하고, 주민들의
얼굴은 여전히 어두웠으니 그것은 사실 가난 때문이었다.

중도뿐만 아니라, 나라 곳곳이 쑥대밭이 되었으니, 어디 가서 하소연을 할 수도 없는 노릇이었다. 부모도, 형제도, 자매도, 심지어 자식마저 잃은 중도 주민들에게 위로가 되는 것은 밤마다 풍이 들려주는 신화에 가까운 영웅담뿐이었다. 신에 가까운 이 신출귀몰한 자의 이야기를 사람들은 넋을 잃고 들었다. 어쩔 수 없이 여기서부터 내가 개입을 할 수밖에 없는데, 할아버지의 모든 이야기가 그렇듯 그의 영웅담에는 상당한 '구라'가 가미돼 있었다. 할아버지의 말에 의하면 인천 상륙작전 때 자신은 배에 자리가 부족해서 오키나와에서부터 인천까지 헤엄을 쳐서 갔다는 둥, 오키나와에서는 맥아더가 담배를 피울 때 자신을 존경하는 의미로 손으로 불을 가리고 담배를 피웠다는 둥, 전투에서 총알이 떨어져 단추를 떼어 내 총알처럼 손으로 튕기며 적군을 물리쳤다는 둥, 할아버지의 말은 마치 날개 달린 말, 즉 페가수스처럼 기묘하게 날갯짓을 하며 날아다녔다. 마을 사람들은 그게 싫지 않았는지 밤마다 모여 그의 이야기를 들으며 삶을 견뎌 냈다.

그리고 이야기가 끝날 즈음이면, 마치 대극장에서 공연을 진행하는 사회자처럼 이 대사를 읊었다.

—자! 오늘의 무대는 여기까지입니다. 그럼, 대미를 장

식해 줄 초대 가수를 모십니다. 박수로 맞이해 주십시오.

마을 사람들은 일제히 박수를 쳤고, 그러면 풍은 어찌 될지 모른 채 일단 오래되고 낡은 트랜지스터 라디오를 켰다. 그때마다 신기하게도 음악이 흘러나왔는데, 어떨 때는 「신라의 달밤」이, 어떨 때는 「굳세어라 금순아」가, 어떨 때는 전쟁 전에 그랬듯 「애수의 소야곡」이 흘러나왔다. 마을 사람들은 자신들을 위해 초대 가수가 와 줘 감격했다는 듯 정말 뜨겁게 박수를 쳐 주었다.

밤은 이렇게 마을로 돌아온 풍이 근사하게 느껴졌고, 비록 네 살밖에 안 됐지만 풍을 쏙 빼닮은 구는 어느덧 아버지가 빚어내는 허구의 예술을 몸으로 하나씩 체득하고 있었다. 사실 사람들이 풍의 말을 액면 그대로 믿은 것은 아니었지만, 사람들은 그저 풍이 빚어내는 세계가 자신들이 그간 처하고 겪어 온 세계와 맞닿아서 익숙하면서도 왠지 새로웠고, 매일 보는 것이면서도 이상하게 못 본 것 같아서 좋았다. 대부분 그렇게 느꼈기에 밤마다 풍을 찾아와 이야기해 달라고 졸랐다. 이 무리 중에는 마을에서 꽤나 배웠다는 지식인 박씨도 끼어 있었는데, 실상 그가 온 이유는 전쟁 통에 폭격으로 두 팔을 잃어 아무 일도 할 수 없었기 때문이었다. 온종일 외로움과 싸우던 그는 그나마 풍의 이야기를 들으며 현실의 고통을 잊곤 하였다.

그런데, 전쟁 통에 두 팔을 잃었기 때문인지 박씨에게는 어느 정도 염세적인 면이 깃들여 있었다. 그 증거로 그는 말끝마다 "그거 진짜야? 진짜일 리 없잖아! 거짓말 그만하라고!"라며 생짜를 놓곤 했다. 그럴 때마다 풍은 "허허허, 진짜라니까. 내가 이렇게 살아왔고, 내가 이렇게 살아있잖아"라고 대답했다. 그러곤 다시 '허허허' 하며 웃었기에, 사람들은 이때부터 풍을 이풍이 아닌 허풍으로 부르기 시작했다. 그렇지만 박씨를 제외한 그 누구도 풍에게 진실을 따지진 않았는데, 이는 사람들 모두 풍의 그 웃음이 삶을 견디는 방식이라는 것을 잘 알고 있었기 때문이었다. 사실 박씨 또한 말은 뾰족하게 했지만 풍을 진정으로 미워한 적은 단 한 번도 없었다. 이리하여 졸지에 허풍의 아들이 된 구는 덩달아 허구가 되었고, 허구 역시 배운 게 도둑질인지라 허구의 세계로 진입하게 되었다.

이야기가 끝날 때마다 대미를 장식하던 초대 가수들은 가끔씩 쉬기도 했다. 그럴 때면 어김없이 익숙한 목소리의 주인공이 나와서 중대한 발표를 했다. '공산 괴뢰군이 38선을 넘어 공격을 개시했으나, 안심하라'고 외치던 그 아나운서는 전쟁 당시 만 14세 이상을 동원하도록 하고, 반공 포로를 석방하게 했던 그 대통령이 물러났다는 소식을 알렸다. 마을 사람들은 이 대통령을 나라의 아버지라 불렀다. 이 나라가 생긴 후 줄곧 대통령을 해 왔기 때문에 감히 대통령이 바뀌었다는 걸 실감하지 못했다. 하긴 10년이면 강산도 변한다는데, 강산이 변하고도 남을 12년간 세 번에 걸쳐 대통령을 했으니, 그런 생각이 가능하기도 했다. 그런데, 마을 사람들의 이런 생각은 사실 아무것도 아니었다. 2년간 다른 사람이 대통령을 하더니, 그 뒤 선글라스를 낀 군인이 어느새 나타나 권좌에 스스로 앉았다. 그리고 그는 16년간 다섯 번에 걸쳐 대통령을 했다. 그 탓에 아버지는 어린 시절 대통령은 한번 하면 죽을 때까지 하는 걸로 알았다고 했다. 그나저나, 이때까지 마을 사람뿐 아니라 이 나라의 모든 사람들이 안고 있던 고민은 여전히 가난이었다. 새 대통령은 우리에게 두 개의 적이 있다고 외쳤다. 하나는 바로 호시탐탐 남침을 다시 노리는 북한 괴뢰군이고, 다른 하나는 이나라의 국민 모두를 골병들게 하는 가난이라 했다. 이 때문에 모든 마을을 예전의 마을이 아닌 '새마을'로 만들어 잘살아 보자고 주장했다. 그로부터 몇 년 뒤, 중도의 새로 지은 마을 회관 스피커에서는 '잘살아 보세'라는 노랫말이 울려 퍼졌다.

*

　가난하긴 했지만 그런대로 평화로운 중도에서의 시간
은 빨리 흘러갔다. 풍과 구가 이야기를 주거니 받거니 하
는 동안, 밤 역시 단란한 가정을 꾸리며 세월 속에 자신의
이야기를 새겨 나가고 있었다. 이즈음 풍의 늙고 낡은 트
랜지스터 라디오는 정말 생명이 다 된 듯, 심한 기침을 토
하며 소식을 전했는데, 그것은 바로 예전에도 전쟁을 치
른 바 있는 인근 나라에서 또 전쟁이 터졌다는 것이었다.
이 소식을 들은 마을 사람들은 모두 혀를 끌끌 찼다. 어느
누구보다 전쟁의 고통과 상처를 잘 알고 직접 겪은 이들
이었기 때문에, 그저 다른 나라의 이야기로만 들리지 않
았던 것이다. 아니나 다를까, 이 전쟁에도 미군이 개입해
참전 중이라고 했는데, 새로운 대통령은 군인 출신이라
그런지, 아니면 전쟁을 가난을 탈출하는 수단으로 생각했
는지, 몇 년 뒤 결국 우리도 참전을 한다고 선언했다. 마
을에는 일대 난리가 났다. 가난이 지겨웠던 사람들은 월
남에만 갔다 오면 '테레비'가 생긴다는 둥, 집이 생긴다
는 둥, 대통령이 꼈던 선글라스도 끼고 돌아온다는 둥, 별
의별 소문을 다 만들어 냈다. 그리고 얼마 뒤 한 여가수는
「월남에서 돌아온 김 상사」라는 노래를 불렀는데, 그 노

래엔 이런 가사가 있었다.

> 월남에서 돌아온 새까만 김 상사 너무나 기다렸네.
> 폼을 내는 김 상사 돌아온 김 상사 내 맘에 들었어요.
> 믿음직한 김 상사 돌아온 김 상사 내 맘에 들었어요.

이 노래를 부른 가수는 당시 미국에나 있을 법한 거의 유일한 섹스 심벌이었는데, 이 여가수가 월남에서 돌아온 김 상사가 맘에 든다고 하자, 너도 나도 김 상사가 되겠다고 난리였다. 물론, 김 상사가 되는 길은 월남에 다녀오는 것이었다. 이렇게 가난한 뭇 청년들은 '테레비'와 '선글라스'에 대한 동경과, 섹시한 여가수의 맘에 드는 '김 상사'가 되겠다는 생각으로 막연하게 월남에 대한 꿈을 품게 되었다.

이때 아버지를 닮아 이미 십 대 때부터 거구의 몸을 지니게 되었고, 이제는 스무 살을 훌쩍 넘긴 한 청년의 머릿속에도 같은 생각이 떠올랐다. 청년은 아버지가 자신과 가족을 위해 목숨을 걸고 전장을 뛰어다녔으며, 전쟁이 끝난 후에도 생활의 전쟁 속에서 고군분투하며 살아가는 모습을 보고 자신도 아버지에게 진 빚을 갚아야겠다고 여겼다. 물론, 이것은 허망한 생각이었다. 이로 인해 청년의 아버지는 더욱 깊고 끝을 알 수 없는 운명의 소용돌이 속에 또 한 번 몸을 던져야 했고, 청년의 어머니는 또 한 번 남편과 생이별을 경험해야 했다. 눈치챘겠지만, 어느덧 청년이 된 구, 즉 나의 아버지는 할아버지인 풍에게 이렇게 말했다.

　—아버지. 저, 아버지의 뒤를 이어 월남에 가기로 했어요. 저도 가족과 나라를 위해 뭔가를 해 보고 싶다고요!

　물론, 한 팔에 '테레비'를 끼고, 두 눈에는 '선글라스'를 끼고 돌아온 '김 상사'가 되고 싶었음은 두말할 나위 없었다.

　2

　자세히 말하자면, 이제 시간의 배경은 1970년이 되었다. 말했다시피 구는 스물한 살이 되었고, 풍은 마흔한 살이 되었다. 밤은 어느덧 마흔두 살이 되어 그 밤톨처럼 귀엽고 탄력 있던 얼굴 곳곳에 주름이 하나씩 생기기 시작했다.

이번엔 아들이 전장으로 떠나 버리자 이즈음 밤은 걱
정이 많아지기 시작했다. 밤잠을 이루지 못했고, 식욕이
사라지게 되었다. 그 탓인지 어느덧 잔소리도 늘어 갔다.

—사람은 배워야 산다고요! 그렇다고 당신이 똑똑하
지 않다는 말은 아니에요. 당신은 똑똑해요. 너무 똑똑해
요. 그래서 내가 이렇게 억울한 거예요. 당신처럼 머리 좋
은 사람이 배우기만 했다면, 평생 높은 자리에서 떵떵거
리며 소리칠 수 있었을 거고, 그러면 우리가 이렇게 가난
하게 지낼 리도 없잖아요. 그리고 무엇보다 우리가 풍족
했으면 우리 귀한 아들, 구도 남들처럼 대학에 갔을 것이
고, 저 멀리 다른 나라의 전쟁터까지 가서 총알 속을 뛰어
다닐 일도 없을 거잖아…… 흐흐흑.

밤은 차마 말을 끝맺지 못한 채 울기만 했다. 사실 이
것은 이제 산업화를 맞이하여 이 나라의 거의 모든 가정
에서 밤마다 행해지던 일상적인 레퍼토리의 대화 즉 보
통의 가정이라면 당연히 발생하는 '바가지'였는데, 이것
이 풍에게는 지울 수 없는 상처가 되었다. 그것은 하늘로
부터 이야기의 재능을 부여받은 사람만이 느낄 수 있는
깊은 열패감이었다. 실제로 풍은 자신의 이야기에 허풍과
과장이 가미되긴 했지만, 그 모든 허풍과 과장이 가능했

던 것은 그가 실생활에서 경험한 사소한 모든 것까지 머릿속에 저장해 둘 수 있는 기억력과 시중에 떠도는 이야기까지 자신의 것으로 만들어 낼 수 있는 가공력, 아울러 과장을 실감나게 구현할 수 있는 풍부한 묘사력이 있었기에 가능한 것이었다. 그 때문에 이른바 학자, 기자, 평론가라는 양반들이 하는 말은 실상 자기도 얼마든지 할 수 있는 것이고, 단지 차이점이 있다면 그들이 쓰는 어휘와 자신이 쓰는 단어가 다를 뿐이며, 굳이 더 찾아보자면 그들은 안경을 끼고 양복을 입고 있다는 것뿐이었다. 그래서 풍은 역시 이즈음 이 나라의 가장이라면 거의 겪지 아니할 수 없는 스트레스와 콤플렉스에 시달려야 했다. 그 때문에 풍은 눈에 보이는 모든 문서와 자료, 신문과 책을 닥치는 대로 읽고 외우기 시작했고, 급기야 자신의 출생부터 역사를 새로 쓰기 시작했다. 그 첫 번째로 시작한 것이 바로 자신이 태어난 날에 대해 역사적 의의를 부여한 것이었는데, 아마도 기억력이 좋은 독자라면 이 이야기의 첫 장면에 등장한 무수한 인물들이 바로 이 시기 풍이 무섭게 외워 둔 것들의 결과물임을 눈치챘을 것이다. 풍은 사실 자신이 똑똑하다는 것을 증명함으로써 가장으로서의 권위를 회복함은 물론, 사랑하는 아내에게 인정을 받고 싶었던 것이다. 그래서 그는 언제나 자신이 태어난 해의 일들을 줄줄이 읊어 댔다.

─ 그러니까 내가 태어났던 1930년에는 불세출의 영웅들이 우후죽순 격으로 여기저기서 태어났는데 말이야, 일단 프랑스의 철학자인 자크 데리다가 7월 15일에 태어났고…….

이렇게 시작된 레퍼토리는 한 시간을 훌쩍 넘어, 언제나 "내 생일인 8월 15일을 기념하기 위해, 신께서 16세 생일에 맞추어 이 나라에 광복을 선물했다"는 대목을 건너, 레퍼토리의 종착역에 도달해서는 항상 이렇게 끼워 맞춰졌다.

─ 사실 그즈음 신께서는 끊임없는 전쟁과 식민지를 겪어야 했던 아시아 때문에 맘고생이 이만저만이 아니었어. 그래서 어떻게 할까 고민을 하시다 결국은 이 난세를 구할 한 명의 아시아인에게 모든 지혜를 모아서 주기로 하신 거지. 그 지혜로 통탄에 빠진 이웃들을 구해 내라고 말이야. 물론, 당신도 눈치챘겠지만 신은 훗날 내 꿈에 나타나 나에게 사죄를 했어. 사실은 내가 유력한 후보였는데, 실수로 그만 인도의 한 친구에게 조금 일찍 지혜를 몰

아 주고 말았다고 말이야. 내가 태어난 해에 상을 받은 녀석이 있어. '찬드라세카라 벵카타 라만'이라고. 노벨상을 받은 양반이지. 이제 와 말하자면, 신께서 사람을 잘못 본 거야. 이 인간은 샌님이었거든. 자신에게 부어진 지혜의 목적을 착각하고 방에만 틀어박혀 책만 뒤적거리고 만 거야. 거, 상 하나 받아서 뭐하겠다고…….

사실, 말은 이렇게 했지만 풍은 그 누구보다 이 학자를 부러워했다. 자신의 허풍처럼 그가 지혜를 한 몸에 받아서도 아니었고, 인류가 부러워하는 상을 받아서도 아니었고, 거액의 상금을 받아서는 더더욱 아니었다.

— 이 인간아! 그렇게 됐으면 한평생 의자에 앉아서 펜대만 굴리며 살았을 거 아니야! 전쟁에 나갈 일도 없고, 무엇보다 우리 구가 총알받이가 될 일도 없었을 거잖아! 이 껍데기뿐인 허풍쟁이야!

사랑이 시간 속에서 산화되면 그것은 상처를 포격하는 무기가 되듯, 밤의 말은 언제나 풍을 다치게 했다. 사실 풍이 가장 바랐던 것은 밤으로부터의 존경이었다. 허풍으로 인해 깎인 존경이었지만 이를 만회할 수 있는 길 역시 허풍에 기대어 또 다른 이야기를 지어내는 수밖에 없었다. 풍은 쌀 한 톨만큼의 존경이라도 받기 위해 허세와 허풍을 떨어 대기 시작했고, 밤은 남편이 쏟아 내는 허풍의 양만큼 바가지를 긁으며 되받아쳤다. 이렇게 시간을 보내는 사이 어느덧 1년이 흘렀다.

*

한편 이즈음 구는 힘겨운 시간을 겪고 있었다. 구는 선글라스를 끼고 마을에 돌아가는 '김 상사'의 모습을 꿈꿨지만, 눈앞의 실상은 머릿속으로 그려 온 것과 전혀 달랐다.

우선 구는 전갈부대의 일원으로서 8소대에 복무했다. 문제는 8소대의 소대장이었다. 그는 일찍이 베트콩에게 부하를 잃은 적이 있었는데, 그때부터 이성을 상실하여 나중에는 주민과 베트콩을 분간하지 못하게 되었다. 때로는 지나가는 강아지를 보고도 "베트콩!"이라 외치며 발로 걷어찼다. 부대원들은 이때까지만 해도 소대장이 제정신이 아닐 거라고는 상상도 못했다. 그러나 그가 양민 학살을 지시하고 나서야 그가 완벽한 미치광이라는 것을 깨달았다. 문제는 그가 미치광이라는 것을 깨닫고 부대원들이 저항했을 때였다. 그는 '전시 명령 불복종은 최하 15년 이상 징역, 혹은 무기징역, 최고 사형'이란 말과 함께 부대원 중 최고참인 병장 두 명에게 방아쇠를 당겼다. 순식간에 부대원들은 귀신에 씐 것처럼 마을에 불을 지르고, 주민들을 향해 난사하기 시작했다. 그것은 죽지 않기 위한 죽임이었다. 구는 그제야 어깨에 '테레비'를 짊어지고, 선글라스를 끼고 금의환향하기 위해선 전장이 아니라, 전장이 아닌 다른 어떤 곳에라도 가는 게 나을 거라는 사실을 깨달았다.

이후 신의 진노가 있었는지, 아니면 부대원들 전체가 죄책감에 시달려서인지 전갈부대는 전멸에 가까운 패전을 당했다. 어찌 된 영문인지 살아남은 이는 구 혼자였다. 폭격에 정신을 잃은 후 깨어 보니 구의 주위엔 검게 타 버린 전장과 시체뿐이었다. 무전기도 잡음만 낼 뿐 작동하지 않았다. 한낱 재로 변해 버린 전우들의 시체와 검게 타 버린 전투의 흔적을 보고 구는 판단했다. 구는 자신의 군번줄을 빼서 바닥에 던졌다. 그리고 타 버린 전장을 뒤져 권총 한 자루를 챙겼다. 후에 나타난 조사관은 군번줄이 발견된 모든 병사들의 집으로 사망 통지서를 발송했다.

구의 사망 소식을 담은 군사우편은 밀림에서 확인되어 사이공으로, 사이공에서 항공기를 타고 홍콩으로, 홍콩에서 다시 서해 상공을 지나 김포로, 그리고 김포에서 중도로 날아갔다. 그사이 중도에서는 새로운 일이 벌어지고 있었다.

3

이때 중도에는 새로운 인물이 등장하게 된다. 그는 왜 이제야 등장하게 되었을까. 이에 대해 퐁은 이렇게 대답한다.

─내 역사에 죽어 나간 사람들, 생이 바뀐 사람들만 해도 수십 수백 명인데, 멀쩡하게 살아 있는 놈을 언제 일일이 다 말해.

그렇다. 이 인물은 멀쩡하게 살아 있는 이다. 일단, 이 인물의 근육은 성난 파도를 맞으며 버티는 바다의 암벽 같고, 피부는 흡사 폭우에 흠뻑 젖은 후 태양에 바짝 타버린 진흙 같다. 눈썹은 암흑처럼 짙으며, 눈은 안구가 흘러내릴 듯 튀어나왔으며, 광대는 몸 밖으로 탈출하려는 듯 돌출돼 있다. 게다가 그는 언제나 짧은 스포츠 머리를 고수하는데, 머리카락이 워낙 뻣뻣하고 날카로워 멀리서 보면 머리통이 마치 싹둑 잘라 놓은 침엽수 같다.

이 인물은 풍이 군대에서 알고 지내던 후임으로서, 인천 상륙작전은 물론, 부대의 전출과 포로수용소까지 함께 경험한, 그야말로 풍과 함께 신산한 삶을 살아온 이였다. 그는 전쟁이 끝나고 난 후에도, 군에 몸을 담아 좀 더 근무한 뒤 퇴역했다. 당시 그의 계급은 중사였고, 그 탓에 사람들은 모두 그를 '오 중사'라 불렀다. 분명, 본명이 있었지만 사람들이 워낙 오 중사, 오 중사 하고 부른 탓에 풍도 어느 순간 그의 본명을 잊어버렸다.

오 중사는 누가 보더라도 딱 세 마디의 말("네, 그렇습니다", "알겠습니다", "아닙니다")로 인생의 모든 일처리를 해결할 것처럼 보였는데, 실은 상당한 수다쟁이였다. 어찌나 수다스러웠는지 그가 중도에 도착했을 때, 마침 논에서 일을 하고 있던 풍에게 건넨 첫 인사가 이랬다.

―아이고! 성님. 이게 꿈입니까, 생시입니까. 제가 성님 찾으러 전국 방방곡곡을 일 년 삼백육십오 일 이십사 시간 불철주야 잠 안 자고 밥 안 먹고 눈 시뻘겋게 뜬 채 발톱 빠져라 동분서주 종횡무진하며 동서남북 가가호호 방문했다는 거 아닙니까. 그 이유는 형님도 아시겠지만 생사불명 무간지옥 전쟁 통에 형님께서 혈혈단신 고군분투 자기희생하시며, 악전고투 중인 저를 골백번 구사일생

시켜 주셨으니, 제가 어찌 형님 은혜를 배은망덕 잊을 수 있으며, 한 인간으로서 어찌 결초보은하지 않을 수 있겠습니까. 형님 찾아 삼만 리를 헤매다 이제야 만났으니, 이 감격 이루 다 말할 수 없으며 저는 이제 성님 뵈었으니 당장 죽어도 여한이 없습니다.

오 중사가 어디서 사자성어를 배웠는지는 알 수 없다. 다만 정말 자신의 말대로 일 년 삼백육십오 일 이십사 시간 풍을 찾느라 고생했는지, 그가 입은 회색 재킷은 다 해져 있었으며, 군용 바지 역시 빛이 바랬으며, 군용 워커 역시 이리저리 돌과 세월에 부딪친 흔적이 여실했다. 오 중사가 반갑긴 했으나, 전혀 예상치 못한 때에 찾아오니 풍의 입에선 뜻밖의 말이 튀어나왔다.

— 자네가 여기 웬일인가?

그러자 오 중사는 억울하다는 듯,

— 아이고, 성님. 웬일이라니요. 웬일이라니요. 웬일일까요.

성님이 함흥 전투 때 절 구해 준 이후로 저는 매일 밤 성님께 감사드리는 마음으로 지냈습니다. 성님 아니면 이미 예전에 황천길로 갔을 이 비천한 목숨, 제가 지금 숨 쉬고 밥 먹고 똥 싸고, 나불거리는 것 죄다 성님 덕 아니겠습니까. 포로수용소에 같이 갇혔을 때도, "아, 이제 또 죽었구나" 하고 말은 했지만, 걱정은 개뿔! 아, 우리 성님이 계신데 무신 걱정입니까.

(좌중을 둘러보며) 우리 성님으로 말씀드리자면, 얼쑤!

포탄이 눈덩이처럼 떨어지고 화마가 날뛰는 전장에서도, 신출귀몰 종횡무진 임전무퇴 활약한 바로 바람의 아들, 바람의 사나이, 풍이올시다. 얼쑤!

한데 이 바람의 사나이, 즉 풍의 역량을 귀신도 시험해 보고 싶었는지, 조선 팔도의 한 많고 억울한 사연 많은 사람들의 집합소인 포로수용소에서 반란이 일어나는데……

수인의 몸이 된 자들이 항변도 못하고 목에서 허공으로 피를 뿜고, 배에서 피를 뿜어 바닥에 쏟고, 수용소는 그야말로 아비규환 생지옥이 되었으니, 아, 여기서 비천한 이 소인도 '오늘이 제삿날이구나' 하고 낙담하였으나, 아, 풍이 누구신가! 바람의 아들, 바람의 사나이, 팔도의 희망, 그가 바로 자리를 박차며 '아다다다다다다' 괴성을 지르며 불한당패를 단숨에 무찔렀으니, 이건 무식한 소인이 아무리 말로 해도 믿지 못할 바, 두 눈으로 보고도 18년이 지난 아직까지 나조차 어리둥절하니, 얼쑤!

이 자리에 계신 어르신, 청년, 조국의 희망 어린이가 못

믿는다 하여도 내 원망 아니할 것이나, 단 하나 알아 두실 점은 이때 이미 내 목숨 풍전등화 같은 처지인지라, 이날 생명의 불이 꺼지는 줄 알았으나, 여러분의 눈앞에 있는 이 늠름한 인물! 풍의 용기와 기상과 활약과 헌신으로 인해 내 생명의 불씨가 타올랐으니, 이제는 소인 역시 뜨거운 횃불이 되어 이곳까지 찾아왔사옵니다. 형님!

오 중사가 어디서 판소리를 배웠는지는 알 수 없다. 말 많은 오 중사는 이에 대해 설명은 않고, 다만 풍의 앞에 엎드려 큰절을 넙죽 세 번 올리고, 옆에서 일하고 있던 마을 어른들은 물론, 꼬마들에게도 절을 올렸으니, "이 모두 풍 같은 영웅을 배출해 주신 마을에 대한 감사"라고 너스레를 떨었다. 이에 풍 역시 기분이 아니 좋아질 수 없었는데, 그건 이때껏 길게도 늘어놓았던 자신의 신화 같은 영웅담이 오 중사의 등장으로 인해 제법 아귀가 맞아떨어졌기 때문이었다. 기분이 좋아진 것은 풍만이 아니었다. 이에 같이 일하던 마을 어르신은 물론, 마을 꼬마들과 강아지까지 고개를 끄덕이며 풍의 활약담을 인정함은 물론, 오 중사의 등장을 반기기에 이르렀다.

그런데, 마을 주민들의 환영이 단지 반기는 차원에 머물렀던 건 아니었다. 오 중사가 어찌나 싹싹하고 붙임성이 좋았는지, 생명의 은인이라며 전국 방방곡곡을 뒤져 풍을 찾아냄은 물론, 생명의 은인인 풍을 낳아 준 마을의 주민들 역시 간접적인 생명의 은인이라며 마을 방방곡곡을 다니며 일을 거들었으니, 열흘이 지났을 뿐인데 벌써 마을 어르신들은 오 중사를 아들로, 마을 총각들은 오 중사를 의형제로, 마을 꼬마들은 오 중사를 삼촌으로 여기게 되었다. 밭에 일을 나가서 오 중사가 없으면 어딘가 허전하기 시작했고, 오 중사가 나타나기만 하면 그저 보기만 해도 힘이 날 지경이었다. 그러다 점차 전세가 역전되더니, 마을 주민들은 어느 순간부턴 오 중사가 얼굴만 내비쳐도 좋겠다고 여기기 시작했다. 그러니 밤마다 한잔 걸치는 자리에 오 중사를 서로 초대하겠다고 난리가 난 것은 당연지사였다. 오 중사는 풍과 함께 이 집 저 집 번갈아 가며 술자리에 참석했는데, 여기서 오 중사의 술버릇이 발동했다. 오 중사는 한잔 걸치면 반드시 화투장을 잡아야 하는 사내였다. 게다가, 그냥 화투도 아닌 예로부터 화전답과 집을 몽땅 잡혀도 모자람이 없다고 한 도리짓고땡의 마니아였던 것이다. 오 중사는 네댓 잔 마시면 얼굴이 불콰해져 뒷주머니에서 화투장을 쓰윽 꺼냈다. 이미 어르신들이나 총각들이나 풍이나 모두 걸쭉하게 술이 됐으니, 그냥 다들 오 중사가 하자는 대로 했다. 풍 역시 언제나 오 중사와 함께 다녔으니, 오 중사가 도리짓고땡을 치는 자리에는 반드시 풍이 있었다. 마을 사람들은 오 중사를 끽해야 일주일에 한두 번 만났으니 도리짓고땡도 일주일에 한두 번 치는 셈이었으나, 풍은 사실상 매일 밤마다 오 중사와 막걸리를 마시고 도리짓고땡을 치는 꼴이었다. 문제는 풍이 도리짓고땡의 묘미에 흠뻑 빠지게 되었던 것이다. 천성적인 소질이 있는지 화투장을 잡고 대충 치는데도 돈이 알차게 들어왔고, 풍이 잃은 날에는 희한하게도 반드시 오 중사가 딴 날인지라 꼭 개평을 챙겨 줬다. 그러고는 꼭 이렇게 말했다.

— 아이고, 성님. 형님 은혜 백골난망이온데, 결초보은 하고 싶은 제 마음 부디 받아 주시옵소서.

따라서 풍의 입장에서는 따는 날에는 용돈벌이가 옹골 찼고, 잃는 날에는 오 중사가 개평을 찔러 주어 본전은 챙겼으니 도리짓고땡을 마다할 이유가 없었다. 그러던 어느 날 오 중사가 찾아와 풍에게 말했다.

— 형님. 오늘은 아랫마을에 내려가셔서 한번 놀아 보시죠.

풍은,

— 에이. 뭐 아랫마을까지 가서 치나…….

라고 말했으나 내심 이 제안이 반가웠는데, 그도 그럴 것이 매일 마을에서만 치다 보니 그 얼굴이 그 얼굴이었고, 그 대화가 그 대화였다. 돈도 돈이었지만, 기분 전환도 하고 싶었거니와, 새로운 무대에서 그간 쌓은 실력을 검증해 보고도 싶었다. 그리하여 모든 화투판에서 벌어질 법한 대화, 즉 "에이. 형님 재미 삼아 한 번……"이라는 말이 나왔고, 역시 당연한 응대 "어허. 그러면 어디 한 번……"이라는 대답과 함께 풍과 오 중사, 이 두 명은 아랫마을로 향했다.

어깨에 힘을 빼고 재미 삼아 쳐서인지, 풍은 이날 엄청난 돈을 땄다. 처음에는 한 달 용돈을 벌었고, 조금 지나 반년 용돈을 벌었고, 좀 더 지나 일 년 치 생활비를 벌었다. 풍은 슬슬 겁이 나기 시작했다. 이제 자리에서 일어날까 싶었지만, 함께 판을 벌이고 있는 더벅머리 총각이 유난히 신경 쓰였다.
— 이제 집사람이 기다리고 있어서 저는 그만…….
이라고 하는 찰나, 곧장 군용 담요에 식칼이 딱 꽂혔다.
— 누구 살림 다 거덜내고, 어딜 가려고!

아하! 풍은 이 순간 직감했다. 이래서 노름 때문에 패가망신하는구나. 사실, 이 장면은 그 당시 시골 곳곳에서 벌어지는 익숙한 풍경이었다. 어쨌든, 더벅머리 총각은 언제 어디서 챙겨 왔는지 모를 식칼을 담요와 화투장 위에 꽂은 채 풍을 노려보았는데, 그렇다 하여 돈 딴 사람 입장에서 상대를 때릴 수도 없었고 미안한 마음도 있어서 풍은 다시 화투장을 잡았다. 그런데, 이때부터 이상한 일이 생겼다. 더 이상 치기 싫은 마음 때문인지, 칼부림 이후 평정심이 깨져서인지, 아니면 자신도 모르는 두려움 때문인지, 이후로 한 판 두 판 잃기 시작하더니, 한 달 치 용돈, 반년 치 용돈을 넘어, 어느새 일 년 치 생활비까지 다 잃게 되었다.

그제야 더벅머리 총각은 말했다.

—집사람 기다리고 계실 텐데 가려면 가시든지.

본전도 본전이지만 풍은 더벅머리 총각의 콧대를 꺾고 싶은 요상한 승부심이 발동했다.

—동생. 돈 좀 빌려 줄 수 있는가?

오 중사는 기다렸다는 듯 옆방에 가더니 어느새 두툼한 지폐 뭉치를 들고 왔다.

—아, 형님. 전쟁에서는 총알 없이 뛸 수 있어도, 노름판에서는 총알 없이 절대 못 뛰는 거 아닙니까. 총알 없어서 전쟁에서 물러나면 안 되지요. 임전무퇴!

이 돈은 두말할 필요 없이 오 중사도 빌려 온 돈이었

다. 옆방은 요즘으로 치면 일명 '하우스'인데, 말하자면 돈도 빌려 주고 국수도 끓여 주고, 화투 치다 피곤하면 작부들이 와서 몸도 풀어 주는 곳이었다.

오키나와 전투와 인천 상륙작전에서도 총알 없이 뛰어 본 풍은 금세 안온감과 푸근함을 느꼈다. 안온감은 심리적 긴장감을 해제시켰고, 이로 인해 그의 집중력은 흐트러져 버렸다. 한 시간이 지나자, 어느새 두툼했던 지폐 뭉치가 홀쭉해져 동전 몇 닢밖에 남지 않았다.

─동생. 좀 더 빌려 올 수 있는가?

오 중사는 그제야,

─형님 실은 옆방에서 담보를 받고 돈을 빌려 주는데, 아까는 제가 가진 시계, 반지, 금목걸이까지 다 맡겼습니다. 빌릴 수는 있지만, 뭔가 있어야 합니다.

─그럼, 아까 안 된다고 하지 그랬나! 근데… '뭔가'라니?

풍은 그 와중에도 '뭔가'의 뜻이 뭔지 꼼꼼하게 물었다.

─가령, 소를 담보로 잡는다든지, 집의 가구를 잡힌다든지, 아니면 밭문서라도.

풍은,

─알았네!

하고 답한 뒤, 바람처럼 사라졌다.

물론, "절대 집에 가지 마시게나!"라는 말을 잊지 않았고, 풍이 떠난 자리에는 아까처럼 담요와 화투장 위에 식칼이 꽂혀 있었다. 이번에는 풍이 꽂은 것이었다.

풍이 다시 돌아왔을 때 그의 입에서는 입김이 뜨겁게 솟아나고 있었고, 한 손에는 할아버지 때부터 내려온 밭문서가 들려 있었다. 그것은 금세 아까보다 더 두툼한 지폐 뭉치가 되었고, 역시 오키나와 전투와 인천 상륙작전에서도 챙겨 보지 못한 듬직한 총알을 가진 풍은 두 시간 후, 빈털터리가 되었다. 그야말로 하늘이 무너지는 기분이었다. 새 해가 떠올라 날이 밝고 있었지만, 풍의 눈에는 아무것도 보이지 않았다. 다리에 힘이 빠지고, 한 걸음도 걸을 수 없을 지경이었다. 겨우 힘을 내 한 걸음 내디디자 목숨을 걸고 전장에서 싸우고 있을 '구'가 떠올랐고, 다시 한 걸음 내디디자 가난한 자신에게 생을 바쳐 함께 살아 주고 있는 '밤'의 얼굴이 떠올랐다. 밤의 얼굴에 맺힌 주름이 풍의 마음을 더욱 주름지게 했다. 아니, 찢어지게 할 것 같았다.

이에 오 중사는 풍에게 말했다.

— 형님. 제 목숨을 팔아서라도 잃은 돈만큼은 꼭 벌게 해 드리겠습니다.

그러고 며칠 뒤, 오 중사는 다시 풍을 찾아왔다. 달려왔는지 거친 숨을 몰아쉬고 있었고, 어쩐 일인지 얼굴엔 환한 웃음이 걸려 있었다.

　―형님. 좋은 수가 있습니다.

　―좋은 수라니?

　풍의 물음에 오 중사는 예의 부옇고 큰 눈을 부릅뜨고 말했다.

　―확실합니다. 세상의 모든 돈이 몰려 있습니다. 가기만 하면 돈이 따라옵니다. 빚은 물론 밭도 되찾을 수 있고요, '테레비'도 사고, '선글라스'도 생길 겁니다.

　―그러니까, 그게 뭐란 말이야?

　떨리는 풍의 눈을 응시하며 오 중사가 말했다.

　―베트남입니다. 베트남! 월남만 가면 다 해결됩니다. 얼쑤!

　말하는 오 중사의 한쪽 입꼬리가 하늘을 향해 올라가고 있었다.

*

　풍이 오 중사와 도리짓고땡으로 밭문서를 잃고 있을 때, 구는 삶의 의미를 잃어 가고 있었다. 그러나 그렇다고 해서 그대로 죽어 버릴 수도 없었다. 소대가 전멸해 중대로 복귀해야 했지만, 자신의 목숨을 위해 타인의 목숨을 앗아야 하는 군대로 돌아가고픈 마음은 생기지 않았다. 그것은 죽을 만큼 싫은 일이었다. 구는 그대로 민가에 가서 옷을 훔쳐 입고 산을 넘었다. 민가에 기어 들어가 밥을 훔쳐 먹었고, 돈을 훔쳐 버스를 탔다. 어차피 부대로 가나 부대 밖에 있으나, 어느 곳이건 전쟁터라 여기니 결론은 간단했다. 구는 이 전쟁에서 살아남기 위해서라면 어떠한 일도 가리지 않겠다고 다짐했다. 그저 살아남고 싶었다. 중도로 돌아가고 싶었다. 아버지와 어머니를 만나고, 다시 낡은 라디오에서 흘러나오는 잡음 섞인 노래를 듣고 싶었다. 이렇게 생각하니 이승에서 하지 못할 일은 없을 것 같았다. 구는 수소문 끝에 훔쳐 온 권총을 팔러 갔다. 당시 구는 되는 대로 먹고, 되는 대로 입고, 되는 대로 잔 터라, 몰골이 형편없이 상해 있었다. 하지만 아버지를 닮은 그는 누가 보더라도 건장하고 탄탄하며 상대를 거뜬히 제압할 수 있는 싸움꾼으로 보였다. 구는 무기 밀매꾼에게 권총을 건네며 물었다.

— 하우 머치?

천장에 매달린 선풍기 밑에서 고개를 돌리던 밀매꾼은 구에게 되물었다.

―유 코리언? 원트 잡?

　밀매꾼이 소개한 일은 보디가드였다. 구가 맡은 일은
별장에서 생활하는 한 거물을 경호하는 일이었다. 거물
은 좀처럼 집 밖에 나가는 일이 없었고, 언제나 색안경을
끼고 있었고, 아무런 말도 하지 않았다. 거물은 집에 있는
동안 주로 심복의 보고를 받거나, 가끔씩 찾아오는 홍콩
여가수의 노래를 들었다. 홍콩 여가수의 이름은 '만옥'이
었다. 구는 이 여가수를 클럽에서 별장으로 데려오는 일
까지 맡게 되었다. 말은 잘 통하지 않았지만, 구는 이 여
가수를 '옥'이라 불렀고, 언제부턴가 구가 '옥'이라고 부
르면 옥 역시 자신을 부르는 줄 알아차리고 반응했다. 만
옥을 계속 옥이라고 부르니, 옥이라는 이름이 입에 붙기
도 하고, 옥이 알아차리기도 하니 구는 어느 순간 마치 옥
이 한국 사람 같다는 생각까지 하기에 이르렀다.
　그러던 어느 날, 구에게 일을 소개해 준 무기 밀매꾼이
별장에 찾아왔다. 그는 구에게 특별한 일을 시켰다. 구는
그 일이 인도적이지 않다고 여겼으나, 이미 부대에서 몹
쓸 경험을 한 터라 단지 자신은 일을 하고 돈을 받으면 그
뿐이라고 여기려 했다. 그럼에도 불구하고, 거물이 시킨
일은 이상한 것이었다. 그것은 회장의 여자를 넘본 남자

를 손보라는 것이었다.

구는 평소에 정체를 알 수 없는 이 괴물을 미심쩍게 여겼지만, 막상 전쟁에서 살아남아야만 하는 처지에 이것저것 따질 여유가 없었다. 이미 그는 예전의 자신이 아니었다. 양민이 사는 한 마을을 불살랐고, 부대를 탈영한 그였다. 무슨 일을 해서라도 일단은 살아남아야 했다. 구는 밀매꾼이 말한 장소로 찾아갔다.

4

자, 이제 이야기는 종착역이 없는 열차에 올라탄 것처럼 달린다. 도리깃고땡으로 패가망신의 위기에 처한 풍은 벼랑에 매달려 풀 한 포기라도 잡는 심정으로 오 중사를 따랐다. 이때는 아직 구의 사망 통지서가 도착하기 전이었으나, 아들을 월남에 보낸 후 밤은 밤마다 노심초사했다. 구가 떠난 후부터 전전반측해 왔음은 물론이거니와, 우치다가 풍을 강제 입영시킨 후 역시 잠 못 이뤘으며, 대구에서 영문도 모른 채 남편과 생이별했던 세월들 역시 뜬눈으로 지내왔던 밤은 자신의 신세를 한탄했다. 비록 바가지를 긁긴 했지만, 그래도 생을 통틀어 가장 사랑한 사람이었기에 밤은 풍의 월남행을 극구 만류했다. 하지만 풍은 구의 입대를 비롯한 모든 일이 자신의 탓이라는 생각에 기어코 집을 나섰다. 풍이 오 중사와 함께 집을 나서며 뒷모습을 보이던 날, 중도에는 알 수 없는 먹구름이 잔뜩 끼어 있어서 밤의 마음은 더욱 무거워졌다. 그런데 어찌 된 영문인지 먹구름이 태양의 흔적마저 가린 날, 오 중사는 월남에 갔다 와야만 낄 수 있다는 선글라스를 끼고 나타났다. 게다가 평소에 입고 다니던 낡은 회색 재킷이며, 군복 바지며, 군용 워커를 싹 다 벗어 버리고, 말끔한 수트에 하늘의 구름마저 비치게 할 번쩍번쩍한 구두를 신고 나타났다.

— 월남이면 지금 전쟁 중 아닌가?

풍이 의아해서 묻자 오 중사는 이렇게 답했다.

— 작업복이라 생각하십시오. 형님.

그러고선 풍에게도 천으로 곱게 싸인 가방을 하나 건넸으니, 그 안에는 풍이 난생처음 입게 될 수트와 역시 구름은 물론 공기 중에 떠다니는 먼지까지 비치게 할 번쩍번쩍한 구두가 들어 있었다. 선글라스 역시 빠지지 않았다. 이리하여 풍의 마음은 비록 도박 빚으로 찢어지고 구의 입영으로 바위처럼 무거웠으나, 이 둘이 집을 나서는 광경은 흡사 1960~70년대 첩보 영화를 방불케 했다. 마을 사람들 역시, 아들이 월남 가더니 애비까지 월남 가는 저 집안의 사정이 무어냐며, 게다가 풍이라면 2차 대전과 6·25까지 끌려갔다 온 양반인데, 이제는 월남전에 제 발로 가게 되다니 이 무슨 사나운 팔자냐며 동정을 보내는 한편, 그래도 우리의 풍이 갖은 고생 끝에 결국은 뭐든지 해내는 인물이 아니냐며 응원을 보내는 것도 잊지 않았다.

일찍이 오 중사에게 마음을 뺏겼던 몇몇 처녀들은 '월남에서 돌아온 새까만 김 상사'를 '월남으로 떠나는 새까만 오 중사'로 바꿔 부르며, 환송 아닌 환송을 했다. 아이들도, 어른들도, 처녀들도 떠나는 이 둘을 향해 걱정과 성원을 섞어서 보냈으니, 일단은 빚 갚으러 떠나는 꼴이었지만 풍 역시 같은 중도의 주민으로서 손 흔들며 웃음으로 답례하지 않을 수 없었다. 한데 무슨 영문인지, 오 중사는 평소와 달라 보였다. 먼 곳으로 떠나기 때문인지, 아니면 자기 때문에 형님이 빚졌다는 생각 탓인지 뭔가에 잔뜩 억눌린 듯한 분위기였다. 검은 선글라스 뒤로 어떤 눈빛을 하고 있는지 도무지 알 수 없었다. 이 검은 선글라스는 얼마 뒤, 마치 오중사의 신체 일부처럼 그에게서 떨어지지 않는 표상이 되어 버리고 만다. 이 이야기는 차차 하겠다. 자, 갈 길이 멀다.

월남으로 떠났을 거라고 생각한 중도 주민들의 기대와 우려와는 달리, 이들은 홍콩에 도착했다. 아니, 대관절 갑자기 홍콩이 웬 말인가. 이를 설명하기 위해서는 맹 사장을 언급하지 않을 수 없는데, 맹 사장은 미주 구라파를 기반으로 오대양 육대주에 걸쳐 마누라와 에미 자식 빼고는 안 파는 게 없다는 거대 무역상이었다. 무언가를 거대하게 하는 사람들이 대개 그렇듯 맹 사장 역시 구린 구석이 있어서 은밀하게 거래하는 물건도 있었다. 역시 어찌 된 영문인지 시골 각지를 떠돌며 화투장이나 잡던 오 중사가 월남에 가기 전 이 맹 사장을 먼저 찾아간 것이다. 그리고 맹 사장은 오 중사를 보고 크게 반색을 하지도, 그렇다고 반감을 보이지도 않았다. 대신, 익숙한 듯 가방을 하나 건네주었다. 검은 쌤소나이트 서류 가방을 건네며 그는 이 말만 했다.

— 쳉 회장에게 안부 전해 주게.

아, 그렇다면 또 쳉 회장은 누구인가. 이 인물마저 지금 소개하면 당신은 혼란에 빠질지 모른다. 그러므로 이 또한 차차 말하겠다. 대저 위대한 이야기에는 이렇듯 떡밥이 많이 깔리는 법. 여하튼 오 중사는 중도에서 그토록 많은 말을 늘어놓았던 것이 연극이라는 듯, 매우 과묵한 사내가 되어 엷은 사무적 미소를 띠며 고개를 끄덕였다. 풍으로서는 처음 입는 양복이 몸에 꽉 끼기도 했고, 색안경을 끼니 세상이 어두침침하게 보여 갑갑하기 그지없었다. 게다가 월남으로 가자던 오 중사가 비행 편까지 마련해 홍콩에 먼저 와서 알 수 없는 가방까지 받으니 그 답답함은 이루 말할 수 없었다. 이에 도대체 왜 우리가 홍콩에 왔는지, 그리고 가방 안에 든 물건은 무엇인지 따지니 오 중사는 그제야 대답했다.

— 형님. 우리의 목적은 첫째, 살아서 돌아가는 것입니다. 둘째, 살아서 돌아가면 다시 고향에서 살아남아야 합니다. 그러려면 돈이 있어야 합니다. 우리가 여기에 온 것도, 형님 아들이 여기에 온 것도 다 이 썩을 돈 때문 아닙니까!

이렇게 말하더니, 그는 주머니에서 바로 그 썩을 지폐를 한 장 꺼냈다. 그러고선 그 지폐에 불을 붙였다! 그가 입꼬리를 올린 채 담배를 한 개비 물었다. 그의 선글라스 렌즈 위로 풍의 놀란 표정과 활활 타오르는 지폐 한 장이 겹쳐 보였다. 오 중사는 그 지폐의 불을 담뱃불 삼아 한 모금 깊이 들이마신 뒤 말했다.

―우리의 목적은 타서 없어져 버릴 이 돈입니다. 우리 생의 불이 꺼지지 않는 한, 이 타 버릴 돈이 필요한 겁니다. 그러니까, 제발 이 가방 안에 뭐가 들었는지 묻지 마십시오. 우리의 목적은 이 안에 뭐가 들어 있는지 확인하는 게 아닙니다. 의사는 무엇 때문에 환자의 병이 생겼는지 캐묻지 않고, 우리는 무엇 때문에 고객이 일을 맡겼는지 묻지 않습니다.

이번 건만 잘되면 형님께선 잃어버린 밭을 찾고, 저는 다 꺼져 가는 제 생의 불을 피울 수 있습니다. 그리고 조금만 더 하면 형님은 옆집의 밭, 그 옆집의 밭, 아니 마을 전체의 밭과 아랫마을의 밭까지 살 수 있다 이겁니다!

오 중사는 이십 년만 늦게 태어났더라도 홍콩에서 영화배우를 할 인물이었다. 이제야 말하지만, 오 중사의 본명은 오연발이다. 물론, 풍은 이 이름을 한참 후에야 기억해 냈다. 그나저나, 말하는 오 중사의 입에서 하얀 연기가 새어 나왔다. 그는 마지막 연기를 내뿜은 뒤, 담배를 비벼 끄며 알 수 없는 말을 덧붙였다.

―인간은 자신이 어디로 가고 있는지, 자신이 무엇을 하고 있는지 모를 때 불안하지만, 사실 그때가 가장 인간

다운 겁니다.

오 중사의 본명뿐만 아니라 훗날 또 알게 된 사실은, 마지막 말이 풍에게 건넨 말이 아니라 오 중사 자신에게 한 말이었다는 것이다.

오 중사의 말대로 인간은 자신이 걷고 있는 길의 끝이 어디인지 모를 때 인간다운 법이다. 나아가 인간의 모든 고통은 앎으로부터 오는 것이었고, 풍 역시 이를 잘 이해하고 있었으나 풍은 궁금증을 참을 수 없었다. 이 역시 인간의 본능이었다. 풍은 오 중사가 무슨 일인지 말해 주지 않더라도 가방은 열어 볼 수 있을 거라 생각했다. 그러나 검은 쌤소나이트 가방의 손잡이 아래에는 번호 자물쇠가 부착돼 있었고, 제아무리 돌려 봐도 가방은 제 몸을 열어 주지 않았다. 매번 어딘가로 떠나면서 생의 역사를 써 온 풍은 이번에도 어딘가로 떠난다는 익숙함을 느꼈지만, 동시에 어떻게 이야기가 펼쳐질지 모르는 완전한 낯선 세계에 대한 두려움과 생경함에 긴장감을 느꼈다. 게다가 무슨 영문인지 오 중사는 홍콩으로 갈 때는 비행기를 택했지만, 월남으로 갈 때는 배편을 택했다. 검은 바다와 검은 공기를 지루하게 헤쳐 나가야 했다. 바람은 마치 풍의 몸에 붙어 있는 과거의 영광을 모두 떼어 버리기라도 할 듯 세차게 불어왔다. 살점이 뜯길 듯한 바람 속에서 배를 타느라 어느새 풍의 몸도 지치기 시작했다. 마음 역시 처음처럼 궁금증이 일거나 두려움이 일지 않게 되었다.

망망대해 속에 모터보트는 긴 물길을 남기며 월남의 국경으로 향하고 있었다. 내륙 전쟁 중이라 해상 경계가 오히려 허술했는지, 아니면 국경 수비대의 허점을 노려 특별한 시간에 은밀한 경로로 이동을 했는지, 그것도 아니라면 누군가 특별한 조치를 취했는지, 풍과 오 중사는 신기할 만큼 아무 장애 없이 월남 해안 경계에 다다랐다. 하늘에는 비를 가득 머금은 먹구름이 검게 드리워져 있었고, 바닷물에는 갈색에 가까운 황기가 돌았다. 뭍에 가까워지자 바다 위에 외로운 나룻배 한 척이 유영하고 있었다. 나룻배에는 이렇다 할 만큼 특별한 건 없었다. 그저 월남 전통 모자인 '논'을 쓴 노인 한 명이 있을 뿐이었다. 오 중사는 노련하게 모터보트에서 나룻배로 갈아탔고, 풍도 뒤따라 작은 나룻배에 몸을 실었다. 그러자 검은 하늘이 한계에 도달했다는 듯, 비를 쏟아 붓기 시작했다. 그 와중에도 선글라스를 벗지 않았던 오 중사는 머리카락은 물론, 양복과 양말, 속옷까지 흠뻑 젖어 그야말로 비 맞은 생쥐 꼴이 되었다. 풍이 젖은 바지를 짜내니, 바짓단은 눈물 같은 빗물을 줄줄줄 흘렸다.

—거, 가오도 좋지만 이러다 감기 걸리겠네.

말 많던 오 중사는 평소와 달리 이렇게만 짧게 답했다.

—죄송합니다. 형님.

베트남의 중부 다낭에 도착하자 총을 멘 군인들이 기다리고 있었다. 언제 베트남어를 배웠는지, 오 중사는 간단한 영어와 베트남어를 섞어서 안부를 건넸다. 물론, 한 뭉치의 지폐도 섞은 안부였다. 우두머리로 보이는 군인은 소매를 걷어 올린 채, 조끼를 입고 있었고, 역시나 선글라스를 끼고 있었다. 그는 지폐를 건네받더니 반사적인 미소를 띠며 말했다.

—굿 럭.

그 말이 과연 행운이 있어야만 앞으로 살아갈 수 있다는 말인지, 아니면 그냥 건네는 인사인지 알 수 없었다. 역시 같은 입장에서 선글라스를 끼고 양복을 입고 새로운 땅에 발을 디딘 풍이었지만, 모든 것이 낯설고 두렵기만 했다. 어쩌다 보니 여기까지 온 이상 이제 믿을 사람은 오 중사밖에 없게 됐다. 우두머리로 보이는 군인이 시가 연기를 내뿜으며 턱짓으로 가리킨 곳엔 지프차 한 대가 기다리고 있었다. 이 지프차를 타고 오 중사와 풍은 사이공까지 달렸다. 열다섯 시간 이상이 걸리는 대주행이었다.

사이공에 도착하자, 풍은 비로소 새로운 세계에 도착했다는 실감이 났다.

지프차를 몰고 온 군인 역시 "굿 럭"이란 짧은 말과 함께 이들을 사이공에 남기고 떠났다.

전쟁 중이라는 말이 전혀 실감 나지 않을 정도로 사이공은 건재했다. 과연 월남의 수도라 할 만했다. 도로에는 외제차가 다녔고, 인도에는 하얀 아오자이를 입은 여자들이 다녔다. 오는 동안 비도 그친 탓에 어느새 얼굴을 내민 해가 사이공 전체를 환하게 밝혀 주었다. 뜨겁고 따사로운 동남아시아의 날씨였다. 일상적인 풍경을 보니 그제야 풍은 허기가 느껴졌다. 홍콩을 떠나 줄곧 배 위에서 제대로 된 식사도 못하고 월남까지 도착했고, 도착하자마자 긴장을 놓을 수 없어 수도까지 달려온 이들이었다. 둘 다 선글라스를 끼고 있었고, 풍은 하얀 리넨 양복 차림, 오 중사는 베이지색 리넨 양복 차림에 한 손에는 쌤소나이트 가방까지 들고 있었기에, 누가 보더라도 이 둘은 성공의 사다리 위 칸에 올라선 자들로 보였다. 하지만 실상 이들의 안을 가득 채운 것은 허기와 노곤과, 낯선 두려움이었

다. 천장에 선풍기가 매달린 식당에 들어가니, 우선 콜라
가 한 잔 나왔다. 콜라 잔 밖으로는 수증기가 땀처럼 맺혀
있었고, 위에는 레몬이 꽂혀 있었다. 풍은 비로소 안온감
에 젖어 콜라를 마시고, 닭볶음밥으로 허기를 달랬다. 포
만감이 느껴지니 그제야 살 것 같은 생각이 들었고, 그러
자 자신을 조여 맸던 팽팽한 긴장의 끈이 비로소 풀리는
것 같았다.

식사를 마치고 월남 커피까지 마신 오 중사는 담배에
불을 붙였다.
─형님. 거의 다 왔습니다. 이제 우리는 챙 회장이 있
는 클럽에 가서 물건만 건네주면 됩니다. 물건만 확인되
면 우리는 돈을 챙겨 받고, 일주일 후에 다시 배를 타고
돌아가는 겁니다.

풍은 오 중사의 말에 고개를 끄덕였다. 그리고 이 둘은
거의 다 온 것처럼 보였다. 문제는 식당 앞을 나서면서부
터였다.

─전쟁을 중단하라! 미국은 물러가라! 우리가 원하는
건 평화다!

언제 나타났는지 엄청난 수의 학생들이 몰려와 시위를 하고 있었다. 남학생들은 하얀 셔츠에 검은 바지를 입고 있었고, 여학생들은 아오자이를 입고 있었다. 그중에는 몸에 노란 승복을 걸친 승려도 있었다. 이들은 확성기에 대고 "전쟁을 중단하라!"고 끊임없이 외치고 있었다. 거대한 무리를 지어서 행진하고 있었는데, 매번 주도자처럼 보이는 학생 한 명이 대열의 맨 앞에 서서 구호를 외쳤다.

— 군국주의 물러가라! 평화를 원한다!

그의 입에서 주장이 울리면, 함께하는 모든 군중이 그의 주장에 힘을 실어 주었다. 거리는 어느새 수백 명의 군중이 외치는 반전 구호와, 플래카드, 깃발로 가득 찼다. 마침 길을 건너고 있던 풍과 오 중사는 본능적으로 위기감을 느꼈다. 자신들을 기점으로 하여 왼쪽에는 무장한 군인과 탱크가 줄지어 있었고, 오른쪽에는 학생들과 승려들이 자신들 쪽으로 한 걸음씩 전진해 오고 있었다. 그 중간에서 이 둘은 고함치듯 서로에게 외쳤지만, 대화가 불가능할 정도의 소음에 노출돼 있다는 걸 깨달을 뿐이었다. 오 중사가 뭐라고 뭐라고 말을 했으나, 풍은 그것이 어서 여기서 도망가자는 말인지 자신에게 미안하다고 말하는 것인지 분간할 수 없었다. 그때 대열의 맨 앞에 선 학생 대표가 주먹을 불끈 쥔 채 하늘을 향해 찌르자, 천지개벽할 정도의 함성과 함께 수백 명의 학생, 군중, 승려들이 군인들을 향해 달려왔다. 군인들은 경계 태세를 취하며 일제히 군홧발을 굴렀다. 그 소리가 땅과 공기를 흔들었다. 풍과 오 중사는 달려오는 학생들 사이에 섞여 정신을 차릴 수 없었다. 물론, 그 순간에도 오 중사는 검은 쌤소나이트 가방을 절대 손에서 놓지 않았다. 갑자기 학생들이 구호가 적힌 띠를 맨 채 군인들을 향해 질주했다. 그때, 그 무리 중 한 명이 검은 서류 가방을 들고 달려왔다. 그는 풍과 오 중사를 스쳐 지나가며 알 수 없는 웃음을 보였다. 그러고서 달려가는 학생들의 무리 속으로 사라져 버렸다. 풍이 고개를 돌려 보니 학생들이 뛰어가는 군인들의 뒤편에는 미 대사관이 있었다. 학생들과 승려들이 노린 곳이 바로 미 대사관이었던 것이었다. 그런데, 그때 검은 바지와 흰 셔츠로 뒤섞인 학생 무리의 머리 위로 검은 서류 가방 하나가 슈웅(!) 솟아올랐다. 그 검은 서류 가방은 포물선을 그리며 허공을 날아갔고, 그걸 지켜본 군인들은 동시에 소리쳤다. 군인들이 일제히 몸을 던지며 피하자, 검은 가방은 광포한 폭음을 내며 대사관 앞에서 폭발했다. 부상당한 군인들이 피를 흘리며 실려 갔다. 그리고 어디선가 총성이 울리자, 한순간에 무차별적인 진압이 시작되었다. 군인들은 상대가 누구이건, 손이 어디로 가고 있건, 어떤 것도 개의치 않고 진압봉을 무자비하게 휘둘렀다. 어떤 군인은 무슨 까닭인지 총으로 가격을 했다. 그 때문에 오히려 등이나 다리를 때리는 게 배려로 느껴질 지경이었다. 머리가 터져 피를 쏟은 채 길거리에 쓰러진 학생이 있었고, 살아남기 위해 달리며 그 시신을 뛰어넘는 학생도 있었다. 거리는 한순간에 피 흘리며 쓰러진 학생들, 승복이 찢긴 채 허망하게 주저앉은 승려, 엉겁결에 무리에 휩쓸려 도망가려는 인력거꾼, 그리고 총을 들고 뛰어다니는 군인들로 아수라장이 됐다. 풍은 이 생지옥 같은 광경 속에서 거대한 혼란을 느꼈다. 이것은 지금껏 자기가 겪어 온 전쟁과 다를 바 없는 사상과 주장의 전쟁이었다. 풍은 발을 뗄 수 없었다. 어서 다른 사람들처럼 목숨을 건지기 위해서 달려야 했지만, 어쩐지 수많은 전투 속에서 자신을 지켜 준 발이 움직일 생각을 않았다. 오 중사는 그 옆에서 풍에게 소리치고, 뺨을 때리고, 욕을 했다.

풍은 이때 자신의 인생이 의지와는 상관없이 어디선가 불어오는 힘의 바람에 의해 떠다녀야 했던 이유를 깨달았다. 왜 무수한 사람들이 목숨을 담보로 거리에서 자신의 소리를 외쳐야 하는지, 왜 힘없는 사람들이 벼랑 끝에 몰려 극단적인 선택을 해야 세상이 반응하는지, 왜 세상

은 반응하는 자신들의 감정을 속으로 삼키는지, 왜 권력
자들은 세상의 목소리를 외면하면서도 그 생을 유지하는
지……

풍에게는 아무것도 들리지 않았다. 그저 모든 것이 소
리 없이 느릿하게 흘러가는 그림 같았다. 햇살은 따갑게
눈을 찔렀고, 땅에는 붉은 개울이 흘렀다. 그 붉은 개울을
디딘 사람들의 발자국이 거리마다 도장처럼 찍혔다. 살아
남은 자의 살아가는 발자국이 이 세계에 애달프게 남겨
졌다. 땅에는 붉은 개울이 흘렀고, 공기 중에는 붉은 꽃이
피어났다.

풍이 정신을 차려 보니 어느덧 자신을 끌어당기던 오
중사의 뒤로 군인이 달려왔다. 그는 개머리판으로 오 중사
의 머리를 곧장 내려쳤다. 오 중사의 손이 풍의 손에서 스
르르 풀리며 쓰러졌다. 풍은 그 광경을 신음조차 못하고
지켜봐야 했다. 바닥에 쓰러진 오 중사의 다른 손은 여전
히 가방을 잡고 있었다. 이내 풍의 등에 차가운 금속 물질
이 닿았다. 그것은 이미 풍이 대구에서 징집당할 때 느껴
보았던 감촉이었다. 풍과 오 중사는 학생 몇몇과 함께 손
을 머리 뒤로 한 채 대로변에 무릎을 꿇었다. 군인들이 베
트남어로 고함을 쳤는데, 그건 누가 보더라도 폭탄을 던진

범인을 색출하려는 것이었다. 학생들은 무릎이 땅에 닿고 총구가 자신의 이마를 향하고 있는데도, 눈을 똑바로 쳐다보며 고개를 강하게 저었다. 그때마다 개머리판은 학생들의 머리를 거세게 강타했다. 학생들의 머리가 하나둘씩 도로 위로 쓰러졌다. 한 명, 두 명…… 세 명째가 되자 군인은 화가 났는지 학생의 정수리를 정통으로 가격했다. 그 순간 붉은 액체가 허공을 향해 터져 나왔다. 그러고서 다음 학생에게 웃으며 뭐라고 말을 했는데 학생은 연신 바르르 떨면서도, 끝내 고개를 가로저었다. 총성이 울렸다. 바닥에 붉은 실개울이 흘렀다. 다음은 오 중사 차례였다. 오 중사는 눈물과 콧물을 흘리며 같은 말을 반복했다.

— 코리언. 코리언. 위 러브 유에스에이. 위 러브 유에스에이. 위, 베트남 프렌드. 베트남 프렌드.

군인이 머리에 총구를 겨누자, 오 중사는 다급히 가방을 가리키며 절박하게 외쳤다.

— 디스 이즈 머니. 머니! 머니! 빅 머니. 빅 머니!

5

군인들이 끌고 간 곳은 유치장이었다. 과연 군인들이

폭탄 테러범을 잡았는지 아닌지는 알 수 없으나, 가방 안에 들어 있던 물건이 무엇인지는 밝혀졌다. 그것은 10킬로그램 상당의 헤로인이었다. 맹 사장은 거대 무역상의 합법적 가면을 쓰고 있었으나, 사실 그 부를 축적하게 한 것은 마약 밀매였고, 오 중사는 그 운반책이었다.

당시 월남군의 부패는 이루 말할 수 없을 정도였는데, 미군이 월남군에게 M16총을 보급해 주면 다음 날 간부들이 월맹군에게 팔아넘겨 주머니를 챙겼다는 소문마저 돌곤 했다. 항간에는 군 간부가 직접 나서서 갱들과 금괴, 위조지폐, 마약 거래를 하거나, 심지어 미 CIA의 정보까지 월맹군에게 팔아넘긴다고 할 정도였다. 월남군이 오 중사의 검은 쎔소나이트 가방을 돌려주지 않은 것은 어찌 보면 당연지사였다. 풍은 그제야 왜 그토록 말 많던 오 중사가 자신에게 차마 다 설명하지 못한 채 미안하다고만 했는지, 왜 자신이 무엇을 하고 있는지 모를 때가 더 낫다고 했는지 이해됐다. 그러나 어째서 군인들이 다음 날 자신들을 풀어 주었는지, 그리고 왜 유치장 앞에 승용차 두 대가 와 있는지, 그리고 자신들을 풀어 주기 전에 군인들에게 걸려 온 한 통의 전화가, 과연 이것들과 무슨 연관이 있는지는 이해할 수 없었다.

군인들은 풍과 오 중사에게 총을 겨눈 채 유치장 밖으로 끌고 갔다. 총을 겨눴기에 석방이라기보다는 죄수를 인계하는 것 같았다. 군인들이 끌고 간 곳에는 두 대의 승용차가 서 있었고, 범죄의 기운을 풍기는 사내 네 명도 서 있었다. 풍과 오 중사는 각각 차 두 대에 흩어져 탔다. 오 중사를 태운 차가 먼저 출발했고, 풍을 태운 차가 그 뒤를 따랐다. 풍의 양옆으로는 지옥에서 막 올라온 듯한 사내 두 명이 앉았다. 풍은 또 어딘가로 끌려가는 자신의 신세가 억울하게 느껴졌다. 앞에 달려가는 차를 보며 오 중사를 흠씬 두들겨 패 주고 싶을 만큼 분노가 일었지만, 지금은 자신도 끌려가는 신세라 막상 그럴 수도 없었다. 무엇보다 물건을 뺏겨 버린 탓에 이제 어떤 일이 벌어질지 모른다는 두려움이 풍의 어깨를 무겁게 짓눌렀다. 한편으로는 오 중사 역시 같은 두려움에 떨고 있을지 모른다는 생각과, 그 역시 길고 무수히 반복되는 생의 날들을 버텨 내기 위해 한 짓일 거란 생각에 용서하고픈 마음도 일었다. 그러고 보니, 차 유리로 보이는 오 중사의 뒤통수 역시 두려움에 떨고 있는 것 같았다. 복잡한 생각을 하는 사이, 차는 어느새 멈춰 버렸다.

사내들이 둘을 끌고 간 곳은 사이공의 한 클럽이었다.

'사이공 로즈'라고 영어로 새겨진 네온이 깜빡이는 프랑스식 2층 건물이었다. 붉은 물감이 대기 중에 퍼지듯 하늘은 저녁 무렵의 검붉은 색채를 띠고 있었고, 카키색 반팔 제복의 미군들은 불꽃을 향해 달려드는 불나방처럼 클럽 안으로 날아들고 있었다. 사이공 로즈는 일대에 명성이 자자한 클럽이었다. 그 안에서는 전쟁과는 상관없는 축제가 매일 벌어졌다. 가터벨트를 하고 검은 스타킹을 신은 무희들이 조명 아래 다리를 들어 올렸고, 미군과 사이공의 사내들은 그 다리 사이에 자신들의 시간과 돈을 지불했다. 무대 중앙에는 타인의 전쟁에는 상관 않는 백인들이 연주를 하고 있었고, 취객들이 위스키를 마시며 피워 올리는 시가 연기가 클럽의 조명 아래 어지럽게 번지고 있었다. 한쪽에는 피아노도 있어 때로는 하얀 건반과 검은 건반이 움직이며 이들의 예술적 허세를 채워 주곤 했다. 반대편에는 24시간 꺼지지 않는 조명이 있고, 그 조명 아래 붉은 깃털 목도리를 두른 드레스 차림의 무희부터 아슬아슬한 속옷 차림으로 가슴에 달러를 잔뜩 꽂은 무희까지, 이들이 발산하는 육체의 유혹이 끊임없이 이어졌다. 그 옆으로는 나선형으로 이어진 붉은 카펫의 계단이 있었는데, 그 계단을 올라가면 이 사이공 로즈의 모든 욕망이 교환되는 곳, 즉 매음굴이 있었다.

이 거대한 욕망의 세계를 구축한 인물이 바로 챙 회장이었다. 사이공 로즈는 거대한 유흥의 집결지인 동시에 거대한 범죄의 온상지였는데, 그 때문인지 챙 회장은 좀처럼 자신의 모습을 드러내지 않았다. 따라서 은둔자인 챙 회장에 대한 소문도 무성했는데, 어떤 이는 챙 회장이 실은 베트남에 있지 않고 외국에서 모든 일을 조종한다고 했고, 어떤 이는 오히려 사이공 로즈의 비밀 객실에 은밀히 머무를 것이라 했고, 어떤 이는 사실 챙 회장은 존재하지 않는 가공의 인물일 뿐, 실질적 운영자는 따로 있다고 했다. 챙 회장의 국적에 대해서도 말이 많았는데, 챙이라는 이름과 홍콩과 거래를 한다는 점 때문에 홍콩 사람이라는 소문, 미군과의 커넥션이 있기 때문에 중국계 미국인이라는 소문, 언젠가 일본어로 욕하는 걸 들은 적이 있다 해서 일본인이라는 소문이 비등하게 퍼졌고, 일각에서는 사실 사이공 출신의 월남 갱단 두목인데 정체를 감추기 위해 '챙'이라는 이름을 쓴다는 설도 제기됐다.

그러나 국적이나 나이, 본명을 둘러싼 소문보다 더 기이한 것이 있었는데, 그것은 바로 그의 성적 취향과 행위에 대한 것이었다. 자신의 욕망을 해소하기 위해 이 거대한 유흥의 왕국을 건설했다는 소문은 그나마 양호한 뒷담화였고, 가장 괴상하고 흉흉한 소문은 챙 회장이 상대와

성행위를 펼치고 난 뒤 여성을 잔혹하게 살해해 버리는 사이코패스라는 것이었다! 이는 챙 회장에게 불려 간 여자는 많은데 정작 그와 잠자리를 한 여자가 나타나지 않았기 때문이었다. 이에 항간에 퍼진 그의 악명이 더해져 한 번 잠자리를 가진 여자는 반드시 죽여 버린다는 소문이 퍼졌고, 그것은 자신의 존재를 온전하게 하기 위해 씨를 뿌리지 않는 폭군의 정서라는 해석이 더해졌다.

여하튼, 그가 중국인이건, 월남인이건, 일본인이건, 결국 풍을 이곳까지 오게 한 것은 챙 회장이었다. 오 중사가 홍콩에 들러 마약이 담긴 가방을 들고 오게 한 것도, 시위하는 군중 속에서도 그 가방을 놓지 않게 한 것도, 유치장에 전화를 해서 오 중사와 풍을 풀어 주게 한 것도, 유치장까지 차를 보낸 것도, 결과적으로 풍이 집을 떠나 전쟁 중인 이 타국의 클럽까지 오게 한 것도 바로 챙 회장이었다.

*

종횡무애로 달렸던 이야기의 열차는 마침내 구를 향해 달린다. 구는 밀매꾼이 말한 지하실로 찾아갔다. 이런 일까지 해야 하나 하는 회의가 들었지만, 구로서는 일단 이곳에서 살아남는 게 우선이었다. 지하실 문이 생의 알 수

없는 벽처럼 검고 단단하게 보였다. 구는 생의 난관에 가
로막힐 수 없다는 듯, 문을 세차게 걸어찼다. 문이 덜컥
열리자 어두컴컴한 지하실에 한 줄기 빛이 내려왔다. 구
의 시야는 지옥처럼 깊은 암흑의 세계에 적응하지 못했
다. 그는 눈을 가늘게 뜨고 어둠에 익숙해질 때까지 잠시
기다렸다. 이내 암굴 같은 지하 세계로 들어가는 시멘트
계단이 눈에 들어왔다. 그 계단을 따라가니, 사내 한 명이
시야에 들어왔다. 사내는 손발이 모두 묶인 채 웅크리고
있었고, 얼굴에는 복면까지 씌어 있었다. 사내는 인기척
을 듣고 뭐라고 말을 했으나, 입을 천으로 틀어막고 묶었
는지 신음 소리만이 새어 나왔다. 구는 어쩌다 자신의 생
이 여기까지 도달했는지 신산한 기분이 들어서 사내의 복
면을 벗겨 볼까 싶었지만, 절대 복면을 벗기지 말고 작업
하라던 밀매꾼의 말이 떠올랐다. 그리고 정작 사내의 눈
을 보면 스스로도 작업할 용기가 나지 않을 것 같았다. 구
는 바지 뒤춤에서 칼을 꺼내며 말했다.

　―미안하게 됐수다.

　이 말을 하자, 복면 속의 사내가 갑자기 울부짖기 시작
했다. 비록 손발이 꽁꽁 묶인 채였지만, 허리뼈가 몸 밖으
로 빠져나올 듯 움직이며 절규했다.

　―우어어우으으으으.

짐승처럼 알 수 없는 신음을 내지르며 허리를 튕겨 바닥에서 발작하듯 움직였다. 눈이 있어야 할 자리의 복면이 젖어 있었다. 젖은 복면이 파르르 떨렸다. 언어가 될 수 없는 음성이 새어 나오는 사이, 구는 섬뜩한 직감이 들었다. 구는 바닥에 칼을 떨어뜨리고 허겁지겁 복면을 벗겨 냈다. 그리고 자신도 소스라치게 놀라 외쳤다.

─아버지!

풍은 사이공 로즈에 끌려오자마자, 사내들에게 정신없이 몽둥이세례를 당하고 곧장 클럽 지하실에 감금되었다. 풍의 몸에 몽둥이가 떨어질 때마다 사내들의 폭언도 함께 떨어졌으나, 베트남어였기 때문에 도무지 어떻게 된 일인지 알 수 없었다. 풍은 지하실에 감금된 채 오 중사는 과연 어떻게 되었을까 생각했다. 물건의 배달을 책임진 이는 오 중사인데, 그는 과연 살아 있기나 한 것일까. 자신이 이렇게 감금당해 있는 동안, 오 중사는 이미 이 세상을 떠난 게 아닐까. 며칠인지 감조차 잡을 수 없는 날들이 지났을 때, 마침내 풍은 누군가의 발자국을 느꼈다. 자신에게도 때가 왔다는 것을 직감했다. 그런데 그 남자가 꺼낸 말이 놀라웠다.

─미안하게 됐수다.

그것은 분명한 한국말이었고, 분명 아들 '구'의 목소리였다. 이때부터 풍은 비록 손발이 묶이고, 입에는 재갈이 물리고, 얼굴에는 복면이 씌어졌지만 절규하기 시작했던 것이다. 구는 풍을 거세시키기 위해 가져온 칼로, 풍의 손발을 묶고 있는 밧줄을 잘라 냈다. 입에 물려 있는 재갈 뭉치 천도 풀고, 복면도 찢어 버렸다. 뜻밖의 장소에서 상봉한 부자는 눈물 속에 각자의 사연을 정신없이 풀어놓았다.

사연을 다 들은 구는 이내 의문이 생겼다. 자신이 경호했던 거물이 챙 회장이라는 것은 알겠는데, 물건 운반에 실패한 자를 왜 하필이면 거세시키려는 것일까. 게다가 왜 자신의 여자를 건드린 인물이라고 거짓말을 한 것일까. 아버지를 일으켜 세워 구출시킨 뒤, 구는 챙 회장에게 가기로 결심했다.

풍은 일단 오 중사를 찾아보자고 했다. 침엽수 같은 머리에, 바위 같은 광대, 암흑처럼 짙은 눈썹, 근육질의 사내. 구는 인상착의를 듣자마자 한 명을 떠올렸다. 그는 언제나 사이공 로즈의 방에서 사람들을 모아 도리짓고땡을 치던 자였다. 이 말에 풍은 충격과 분노를 느꼈다. 어째서 오 중사가 여기서 멀쩡하게 도리짓고땡을 칠 수 있단 말

인가. 방으로 들이닥치자 아니나 다를까, 오 중사는 암흑
처럼 검은 눈썹을 씰룩거리며 화투장을 섞고 있었다.

─ 웰. 투데이 이즈 낫 에브리데이즈 데이. 투데이 이즈
더 데이……!(자, 날이면 날마다 오는 날이 아닙니다. 오늘이
바로 그날입니……!)

오 중사가 말을 채 마치기도 전에 풍의 몸이 공중으로
부웅 떠올랐다. 오 중사는 입을 벌린 채, 날아오른 거구의
이동을 봤다. 물론, 그 거구의 발은 오 중사의 얼굴을 그
대로 강타했다. 아버지를 닮아 거구이면서도 날렵한 움직
임을 자랑했던 구 역시 허공으로 부웅 떠올랐다. 객실은
순식간에 두 부자 협객의 활극 무대가 되었고, 오 중사와
베트남 갱들은 이 활극 콤비의 활약에 쓰러지는 엑스트라
배우들이 되어야 했다. 침엽수 같은 머리와 태양에 갓 구
운 진흙 같은 피부에 바위 같은 근육질의 오 중사는 아들
의 등장으로 활력을 되찾은 풍의 전광석화 같은 움직임에
추풍낙엽인 양 요리조리 날려 벽에 몸을 부딪히더니, 어
떠한 저항 의지도 없이 곧장 바닥에 쓰러졌다. 철퍼덕. 그
는 탁자 밑에 기어 들어가 몸을 달팽이처럼 구부린 채 고
개를 들지 못했다. 풍은 피와 땀으로 얼룩진 흰 리넨 양복
을 입은 채 낮게 물었다.

―어찌 된 일이냐?

오 중사는 바닥에 고개를 묻은 채 울먹이며 답했다.

―채, 챙 회장이 시킨 겁니다.

그러면서 그는 부르르 떨리는 손가락으로 2층을 가리켰다.

다시 말하자면, 그곳은 모든 욕망과 화폐가 제어 없이 교환되는 곳, 바로 매음굴이었다. 풍과 구는 이내 몸을 돌려 2층으로 향했다. 그때 돌아서는 풍의 뒤로 오 중사는 언젠가 한 적이 있었던 말을 다시 한 번 꺼냈다.

―죄송합니다. 형님!

고개를 떨어뜨린 오 중사의 얼굴 아래로 눈물과 콧물이 떨어졌다.

6

그 시각 챙 회장은 홍콩 여가수 만옥의 노래를 감상하고 있었다. 매번 별장으로 불러내 노래를 들었지만, 이날 따라 사이공 로즈에서 노래를 하라고 하니 만옥은 이야기를 듣자마자 겁에 질렸다. 노래를 들으려면 1층의 클럽에서 들으면 될 것이지, 왜 2층의 어두컴컴한 방에서 불러야 하는 것인지 자꾸만 괴상하고 무서운 생각이 들었다. 아니나 다를까, 만옥은 밀매꾼이 데리고 간 2층 매음굴의 방에 들어가자마자 괴성을 지르고 말았다. 챙 회장이 알 몸으로 기다리고 있었기 때문이다.

— 노. 노. 오케이. 저스트 샤워.

(아냐. 아냐. 괜찮아. 방금 샤워하고 나온 거야.)*

챙 회장은 이렇게 둘러댔지만, 이 말도 안 되는 변명을 만옥은 믿을 수 없었다. 챙 회장은 1인용 안락 소파에 앉더니 자신의 주요 부위에 타월 한 장만 툭 올려놓고, 노래를 불러 보라고 했다. 만옥은 이 그로테스크한 상황 속에서 「오버 더 레인보우」를 불렀다. 겁에 질렸던 탓에 만옥의 목소리는 파르르 떨렸고, 처음부터 음정이나 박자가 맞지 않아 몹시 애처롭게 들렸다. 이때 이미 만옥은 다른 나라로의 탈출을 꿈꾸고 있었을까. 아니면 홍콩으로 돌아가고 싶었던 것일까. 하필이면 가사는 이랬다.

Somewhere, over the rainbow, skies are blue,
저기 어딘가에, 무지개 너머에, 하늘은 푸르고

---

* 훗날 챙 회장의 후손은 청와대 대변인이 된다.

And the dreams that you dare to dream really do come true.

네가 감히 꿈꿔 왔던 일들이 정말 현실로 나타나는 곳.

Some day I'll wish upon a star.

언젠가 나는 별에게 소원을 빌 거야.

And wake up where the clouds are far behind me.

그리고 내 뒤에 구름이 있는 곳에서 일어날 거야.

Where troubles melt like lemon drops

그곳에서 걱정은 떨어지는 레몬 즙처럼 녹아 버릴 거야.

That's where you'll find me.

그곳이, 바로 네가 나를 찾을 곳이야.

Somewhere over the rainbow, blue birds fly,

무지개 너머 저 어딘가에서 파랑새는 날아다니네.

Birds fly over the rainbow,

새들은 무지개 너머로 날아가는데

Why, oh why can't I?

왜, 왜 나는 날아갈 수 없을까?

If happy little blue birds fly

만일 행복한 작은 파랑새가

Beyond the rainbow

무지개 너머로 날아갈 수 있다면

Why, oh why can't I?

왜, 왜 나는 날아갈 수 없을까?

가사는 이랬지만, 만옥은 파랑새처럼 날아갈 수도 없는 현실 속에서 노래를 불러야 했다. 물론 걱정이 레몬 즙처럼 녹아 없어지지도 않았다. 그것은 모두 챙 회장이 만옥의 여권을 빼앗아 금고에 감춰 놓았기 때문이다. 돈을 벌수 있게 해 준다는 말에 속아 월남까지 넘어온, 노래밖에 모르는 아리따운 홍콩 여인 만옥은 자기도 모르게 눈물한 방울을 뚝, 떨어뜨리고 말았다. 마치 사우나에 온 사람처럼 타월을 몸에 묶은 챙 회장은 벌떡 일어선 후, 만옥에게 다가왔다.

— 노. 노. 노 크라이. 테이크 잇 이지. 잇츠 미.

(아냐. 아냐. 울지 마. 걱정 마. 내가 있잖아.)

물론, 만옥을 울린 건 챙 회장이었다. 이 와중에, 만옥에게 다가오는 챙 회장의 물건이 비록 흰 타월 안에 감춰져 있었지만 걸을 때마다 반동하는 것이 거대하게 느껴져 만옥은 더욱 눈물을 흘리고 말았다. 아직 발기도 하지 않은 저 짐승이 만약 흥분한다면 어떻게 된단 말인가! 만옥은 생각만으로도 머리가 아찔해 당장 창밖으로 몸을 던져서라도 뛰쳐나가고 싶은 심정이었다. 그런데 이런 만옥의 심정과는 상관없이 챙 회장은 갑자기 표정을 싸늘하게 바꾸더니 한 마디 더 하는 것이었다.

─노 클로딩.

(옷 좀 벗어 보지.)

이 말에 만옥은 옷을 벗으면 큰일이 난다는 것을 알면서도, 옷을 안 벗으면 눈앞에 벌어질 잔혹한 일들이 걱정돼 자기도 모르게 하나씩 벗었다. 손을 바르르 떨며 단추를 풀어 윗도리를 벗었고, 역시 사시나무처럼 떨며 지퍼를 내려 치마를 벗었다. 치마가 땅에 스르륵 떨어지자, 만옥의 자존심도 눈물처럼 떨어졌음은 물론이고, 그나마 실낱같은 희망도 떨어지는 듯했다. 속옷밖에 입지 않은 만옥은 반사적으로 손을 뻗어 자신의 몸을 가렸으나, 그 모습이 더욱 애처롭게 보일 지경이었다. 그런데 만옥은 그 상황 속에서도 이상한 느낌을 받았다.

걸어오기만 해도 겁나게 꿈틀거렸던 챙 회장의 물건이 도대체 일어날 기미를 보이지 않는 것이었다. 순간, 만옥

174

은 눈물을 흘리면서도 챙 회장과 관계한 여성을 본 적이 없기 때문에, 실은 그가 남색가(男色家)일지도 모른다는 소문을 떠올렸다. 이런 만옥의 의문은 이제 금방 풀린다.

이때, 문밖에서 우당탕탕 하는 소리와 함께 '윽, 악, 어' 하는 비명이 들렸다. 문 앞을 지키고 있던 밀매꾼을 포함해 두 명의 보디가드가 쓰러지는 소리였다. 누가 발로 찼는지 문이 확 열렸고, 그 열린 문 사이로 풍과 구, 대활극 부자가 서 있었다.
　―옥!
구는 깜짝 놀라 외쳤다. 호감을 가지고 있었던 옥이 속옷만 입은 채 눈물을 흘리며 챙 회장 앞에 서 있는 데다, 챙 회장은 몸에 수건 하나만 걸친 채 있는 게 아닌가. 그러나 구보다 더 놀란 것은 바로 풍이었다! 그건 바로 챙 회장이 기분 나쁠 정도로 말랐으며, 눈 밑에 둥근 칼자국 상처가 있었기 때문이다. 그렇다. 당연한 말이지만, 챙 회장의 정체는 바로 앞잡이였던 것이다.

　―우어어어어어어어어어어어어
풍은 분노로 가슴을 치며 알 수 없는 신음을 내질렀다.

자, 그나저나 이게 어떻게 된 일일까. 풍이 분노의 고함을 지르는 사이, 우리는 지난 몇 년간 앞잡이의 행적을 추적해 보자. 일단, 앞잡이는 반공 포로 석방 조치 때 기회를 틈타 예의 그 화려한 구라와 사기로 멍청한 육군 대위를 속여 풀려났다. 문제는 이 육군 대위가 눈치 없고 무식하지만, 추진력 하나는 기똥찼다는 것이었다. 그는 삼촌인 육군 삼성 장군에게 국가의 존명이 걸린 비밀 임무를 수행할 요원이 있다며 눈물 콧물 육수를 흘려 가며 설득했고, 결국은 거액의 활동 자금을 얻어 냈다. 육군 삼성장군의 어긋난 가족애와 눈치 없고 추진력 강한 육군 대위의 결정적 멍청함 덕에 앞잡이는 국가가 챙겨 주는 든든한 종잣돈까지 챙겨 먹고 파견되었다.

앞잡이가 간 곳은 물론, 북한이 아닌 홍콩이었다. 그는 이 첩보 자금으로 밀수를 시작하였고, 타고난 수완으로 부를 축적한 결과 홍콩을 거쳐 이곳 월남까지 와서 챙 회장 행세를 하게 된 것이다. 그러나 아무리 거금을 모으고, 권력을 휘둘러도 앞잡이에게는 지워 내지 못할 영혼의 문신이 있었으니, 그건 바로 풍에게 당한 치욕의 순간들이었다. 더욱이 한때 자신의 '레종 데트르', 즉 존재의 이유였던 마성(馬性)이 이제는 한낱 장식품이나 소변을 배출해 내는 신체 기관에 지나지 않게 되었으니, 그는 결코 생에서 풍을 지워 낼 수 없었다. 때문에 비록 앞잡이의 몸은 월남에 있었으나, 영혼은 중도를 떠나지 못했다. 그는 끊임없이 사람을 시켜 중도를 관찰하게 했고, 결국은 그의 심복 중 한 명인 오 중사를 시켜 풍을 월남까지 데려오도록 한 것이다.

그러던 차에 앞잡이는 깜짝 놀라는 일을 경험했다. 한국인이라 해서 새로 온 보디가드가 풍과 쏙 빼닮았기 때문이었다. 누가 보더라도 그는 풍의 아들이었다. 거대한 체구하며 이목구비 어느 하나 아버지와 닮지 않은 데가 없었다. 흡사 풍의 젊은 시절을 그대로 보는 듯했다. 앞잡이는 그의 얼굴을 본 후로, 단 한마디도 하지 않았다. 그리고 자신의 계획을 완성시킬 자로 구를 낙점했다. 앞잡이는 한평생 당하기만 했던 자신을 굽어 살펴 주신 하늘의 은총이라 생각했다. 그리하여 자신을 고자로 만들었던 풍을 고자로 만들 인물로, 바로 그의 아들인 구를 낙점했다. 그러나 앞잡이의 운명은 결국 알몸인 채로 이들 활극 부자 앞에서 심판을 기다리게 된 것이다.

―어어어어어어어어어어!

풍은 분노의 고함을 몸에서 다 뱉자마자 곧장 공중으로 뛰어올랐다. 그런데, 앞잡이가 누구인가. 한평생 풍에

게 당해 온 인물이 아닌가. 이제 그도 당하는 데에 이력
이 난지라, 예전처럼 단박에 온몸에 번개가 치는 듯한 경
험을 할 자는 아니었다. 그는 도망치는 데 녹록지 않은 관
록을 선보이며 줄행랑을 치기 시작했다. 구는 땅에 떨어
진 옥의 옷을 줍고, 대신 자신의 눈물을 땅에 떨어뜨렸다.
이 둘을 배경으로 앞잡이는 타월 하나만 걸친 채 2층에서
아래층으로 줄행랑을 쳤으나, 그 와중에도 챙 회장으로서
의 체면은 챙겨야겠는지 1층 홀이 아닌 주방 쪽으로 도주
했다. 풍 역시 괴성을 지르며 주방 쪽으로 따라갔는데, 한
편, 이때 주방의 사정은 이랬다.

사이공 로즈는 사실 맛집이었다. 지금으로 치자면 각종
블로그는 물론 《뉴욕 타임스》에도 소개될 만큼 근사한 소
시지 요리의 메카였던 것이다. 이 소시지 요리의 달인은
안타깝게도 시각장애인으로서 그는 오로지 물컹한 수제
소시지 요리만을 고집해 온 인물이었다. 그런데, 신이 그
에게 누구라도 감탄할 소시지 요리 실력을 과도히 주신 탓
인지 평균을 맞추기 위해 시력으로도 모자라 청력까지도
손상시켰는데, 그 때문에 이 소시지 달인과 작업을 할 때
면 보조 조리사들이 항상 주방에서 소리를 질러야 했다.
이날은 마침 소시지 장인이 평생 연구해 온 새 조리법

을 전수하는 날이었다. 눈을 감은 장인 앞에 두 명의 수석 조리사와 세 명의 제자들이 그의 손을 주시하고 있었다. 한데 이때 난데없이 수건만 몸에 두른 반나체의 사내가 난입한 것이었다. 문제는 앞잡이가 그간 신비주의 콘셉트를 고수하느라, 정작 챙 회장의 정체를 알고 있었던 이들은 그의 심복 몇 명뿐이었다는 점이다. 그 때문에 주방에 난입한 알몸의 사내를 오로지 소시지 요리 맛집의 정체성을 지키는 데 몰두했던 조리사들이 알아볼 리 없었다. 게다가 청력까지 나쁜 장님 달인은 주변에서 무슨 소리가 우당탕 나든 개의치 않고, 묵묵히 자신의 칼날을 갈며 특급 요리를 준비하고 있었다.

그리하여 이 주방에서는 한쪽에선 장인이 요리 준비를 하는 한편, 다른 한편에선 맛집 주방에 난입한 알몸의 사내와 다섯 명의 조리사 간에 알력 다툼이 벌어졌는데, 아, 우리의 앞잡이가 누구인가. 한평생 풍에게 당하며 이리 뜯기고 저리 뜯기긴 했어도, 한때는 중도의 낮밤을 주름잡았던 '이리 떼'의 우두머리가 아니었던가. 간만에 앞잡이는 주먹질을 선보이며 칼을 든 세 명의 보조 조리사를 쓰러뜨렸다. 그런데 수석 조리사 두 명이 소림사 주방 출신인지 그 무공이 만만치 않았다. 뒤따라 도착한 풍은 두 명의 수석 조리사와 앞잡이의 혈투가 너무 치열해 차마 공격할 틈을 찾지 못하고, 기회를 노리고 있었다.

그 시각 2층 매음굴에서는 구가 정신을 차리고 일어난 세 명의 보디가드를 다시 제압하고 이들을 결박하고 있었다. '윽, 악, 어.' 역시 같은 시각 주방에서 나는 소리를 들은 오 중사가 부엌으로 달려왔다. 그동안 앞잡이는 수석 조리사 한 명을 해치우더니, 결국은 나머지 한 명을 인질로 잡는 데 성공했다. 풍과 아무 상관없는 월남 조리사가 인질로 잡힌다 해서 무슨 소용이 있겠느냐 싶겠지만, 앞잡이가 내뱉은 말은 다시 한 번 풍을 분노케 만들었다.

─밤이 무사할 거라 생각하나? 밤은 내 부하가 데리고 있다.

물론, 이 대사는 한평생 협박으로 살아온 앞잡이 특유의 허세였다. 앞잡이는 순순히 항복하면 밤을 놓아주겠다며 나름의 협상 카드를 내민 것이었으나, 머나먼 타국에서 밤의 이름을 듣는 순간 풍은 제정신을 차릴 수 없었다.

─오 중사. 어떻게 된 거야?!

오 중사 역시 자신이 풍에게 저지른 죄 때문에 얼굴조차 제대로 들 수 없을 만큼 면목이 없어, 그는 한동안 이 말만 되풀이했다.

─죄송합니다. 형님!

이에 풍은 다시 한 번 괴성을 지르며 오 중사의 몸을 디딤대 삼아 앞잡이를 향해 몸을 날렸다.

― 바아아아아아아아아암!

그러나 예상했다시피 이제 도망치는 데는 이력이 난 앞잡이다. 그는 풍이 날아오르자마자 바로 인질을 포기해 버리고 뒤돌아서 도망치기 시작했다. 그러나 너무 급해서였을까. 자신이 쓰러뜨린 보조 조리사의 몸에 걸려 앞잡이는 그만 공중에서 몸을 헛돌며 바닥에 철퍼덕 쓰러지고 만다. 그 와중에 그를 감싸고 있던 마지막 자존심인 타월마저 훌러덩 벗겨져 버려 앞잡이는 볼썽사납게 크기만 큼직하고 물렁하기 그지없는 예의 그 마성(馬性)을 노출시키고 만다. 한데 풍의 분노가 어찌나 컸던지, 풍이 외친 '밤'의 이름이 청력이 손상된 월남 소시지 요리 장인의 귀에 들어가고야 말았다.

마침 넘어져 정신을 잃어버린 앞잡이의 기다란 물건이 장인의 앞에 축 늘어져 있었고, 한 손에 칼을 든 조리사는 한평생 연구해 온 신메뉴를 그제야 시작했다. 다음 장면은 너무나 끔찍하고 민망하기에 차마 내 입으로 말 못하겠다. 하나만, 힌트를 주자면 베트남어로 '밤(bam)'은

'썰다'라는 뜻이 있다. 조리 용어로는 '잘게 썰다, 저미다, 다지다'라는 뜻이니, 나머지는 독자의 상상에 맡기겠다. 그나저나, 소시지 장인이 한평생 준비해 온 역작은 케첩으로 버무린, 다진 소시지 볶음이었다.

어쨌거나 오 중사는 죄책감에 여전히 형님의 눈을 똑바로 보지 못했다. 그는 조용히 선글라스를 챙겨 왔고, 이날 이후, 절대 자의로는 선글라스를 벗지 않게 되었다. 풍은 오 중사에 대해 한마디만 했다.

─더 이상은 미안하단 말 하지 말거라. 어차피 살아가는 건 누구에게나 미안한 일이다.

오 중사는 이번엔 차마 미안하단 말도 못하고 선글라스 렌즈 뒤로 눈물을 뚝뚝 흘렸다. 사연을 알 리 없는 마을 사람들은 '월남에서 돌아온 김 상사'를 '월남에서 돌아온 오 중사'로 바꿔 부르며, 오 중사와 풍을 열렬히 환영했다. 그리고 사망 통지서로 인해 죽은 줄 알았던 구를 진심으로 환영했다. 밤은 눈물을 흘리며 아들의 얼굴을 만지며 확인했다.

─내 새끼. 내 새끼. 살아 왔구나. 살아 왔구나.

충격과 얼얼함이 가시자, 밤은 그제야 눈물을 닦으며

물었다.

― 그런데, 옆에 저 사람은 누구냐?

그 대답은 풍이 대신 했다.

― 옥이라고, 당신 며느리 될 사람이야.

풍과 오 중사가 중도에 돌아온 날, 구와 옥도 함께 온 것이다. 그리고 이날엔 오랜 장마가 물러가고 마침내 큰 무지개가 떴다. '무지개 너머'로 날아가고 싶어 했던 만옥은 홍콩이 아닌 한국을 택했다. 옥이 노래 가사처럼 행복한 파랑새가 될 수 있었는지 아닌지는 좀 더 기다려 주기 바란다. 하나 말해 줄 수 있는 건, 옥이 나의 어머니가 되었다는 것이다.

그리하여 이제 풍과 밤, 구와 옥, 그리고 나 '이언', 즉 '허언의 세계'가 당신을 기다리게 되었다.

4부

1

나의 아버지, 즉 구는 입국할 때 일종의 소동을 겪어야
했다. 죄책감에 눈조차 마주치지 못하는 오 중사가 백방
으로 배편을 구해 홍콩으로 간 후, 다시 홍콩에서 비행기
를 타고 한국으로 입국했으나 문제는 사망자로 등록된 그
의 신분이었다. 공항에서는 어째서 죽은 사람이 되돌아올
수 있느냐고 의아해했고, 아버지는 결국 국방부로 불려
갔다. 구는 아내까지 생긴 마당에 마음을 졸이며 살아갈
수 없어서, 이실직고하기로 결심했다.

왜 자신이 사망자로 등록되었는지, 왜 자신이 부대를 이탈했는지, 그리고 부대에 과연 무슨 일이 있었는지 모두 털어놓았다. 영화에 등장하는 취조실에서나 볼 법한 노란 나트륨등이 천장에 매달려 있었고, 그 아래에는 낡은 은색 철제 책상과 철제 의자가 놓여 있었다. 구는 회색 의자에 앉아 몇 시간이 지났는지 알 수 없을 정도로 한참을 기다렸다. 노란 나트륨등이 마치 바람에 흔들리는 횃불처럼 번져 보일 즈음, 이윽고 문이 열렸다. 오 중사처럼 선글라스를 낀 사내가 들어와 기분 나쁠 만큼 철제 의자를 소리 내 당겨 앉으며 물었다.

─정말 사실인가.

─무슨 말씀입니까.

─양민 학살 말일세.

─네. 그렇습니다만.

─으음…….

사내는 담배를 한 대 꺼내 물고는 방 안이 연기로 가득 찰 때까지 피웠다. 꽁초 끝까지 담배를 피운 뒤, 그는 다시 말을 꺼냈다.

─그렇다면, 오늘부터는 사실이 아닌 걸로 하게. 그리고 자네도 탈영한 적이 없는 걸세.

─네?

—월남에 가서 수많은 젊은이들이 목숨을 잃고, 희생
하고 왔는데 그 업적이 양민 학살로 훼손되어서야 되겠
나? 자네만 입 다물면 되네. 대신 우리도 자네의 부대 이
탈에 대해선 문제 삼지 않겠네.

　　사내의 이 말은 맞기도 했고, 틀리기도 했다. 이들은 문
제 삼지 않았을 뿐 아니라, 훈장을 주어서 오히려 확실히
포섭하려 했다. 훈장은 도저히 받을 수 없다고 거부하자,
사내는 선글라스를 휙 벗더니 구를 정면으로 응시하며 말
했다.

　　—이게 정말 훈장이라 생각하나. 잘 보라고. 이건 국가
의 경고일세. 자네가 이걸 받아야 우리가 작업할 수가 있
어. 죽은 지 한참 지난 사병을 어떻게 설명할 건가. 잘 들
어. 자네는 말이야, 이제부터 격전지에서 베트콩에 끝까
지 맞서 홀로 싸운 국가의 아들이야!

　　사내는 구의 어깨를 툭 치며 나갔다. 그가 건드린 건 단
지 구의 어깨뿐이었지만, 그가 무너뜨린 건 구의 생을 규
정해 왔던 자존감이었다. 그 때문인지 아버지는 무공훈장
을 옷장 깊숙한 곳에 넣어 두고 한 번도 꺼내 보지 않았다.
무공훈장이 마치 자기 수치의 역사를 회상시킨다는 듯.

　　구는 월남에서 생명이 촛불처럼 쉬이 꺼져 버리는 것

과 국가의 위선적인 행동에 회의를 느낀 후, 기타에 빠져들기 시작했다. 그건 전적으로 만옥 때문이었다. 옥은 한국에 오고 나자, 할 일이 없게 되었다. 음식 설고 날씨 설은 곳에서 적응하기도 힘들었거니와 가수였던 사람이 밭일을 하는 것도 벅찼다. 구는 고민 끝에 풍을 설득하여 결국 옥이 할 수 있는 것은 노래밖에 없다는 단순한 사실을 주지시켰다. 그도 그럴 것이 비록 한국어는 통하지 않았지만, 옥이 부르는 팝송은 기가 차게 달콤했다. 중국어 특유의 동글동글한 발음으로 영어 가사를 읊어 대자 한껏 친숙하면서도 부드럽게 들렸다.

이즈음, 풍과 생을 함께해 온 늙은 트랜지스터 라디오는 목숨을 다해 버렸다. 풍이 동그란 스위치를 돌려 보았지만, 딸깍, 소리만 낼 뿐 아무런 호흡도 하지 않았다. 풍은 늙은 트랜지스터 라디오가 부르던 노래는 물론, '지지직' 하며 내뱉던 기침 소리까지 그리워졌다. 오키나와 전투와 6·25를 함께하고, 월남전의 참전 소식을 알려 준 라디오가 세상을 떠나 버리자, 풍은 우울함을 씻어 낼 수 없었다. 오랜 시간 동안 울정에 빠져 있는 풍을 위해, 옥이 노래를 불러 주었다.

Somewhere, over the rainbow, skies are blue,

저기 어딘가에, 무지개 너머에, 하늘은 푸르고

And the dreams that you dare to dream really do come
true.

네가 감히 꿈꿔 왔던 일들이 정말 현실로 나타나는 곳.

다행히 풍은 옥의 노래를 들으며 마음이 차분해짐을
느꼈고, 어디선가 불어온 바람에 자신의 우울함이 날아가
버리는 것을 느꼈다. 결국 풍은 구와 같은 생각에 이르렀
다. 밴드를 꾸리기로 한 것이다. 옥이 노래를 부르고, 구
가 기타를 치고, 자신은 밴드 마스터를 하기로 했다. 일
단, 구가 정부에서 받은 참전 포상금으로 낡은 중고차를
한 대 장만하여, 전국의 업소를 돌며 무대에 서기로 했다.
마침 구는 기타 연습에 박차를 가해 제법 근사한 연주를
할 수 있게 되었다. 그럼 오 중사는 뭘 했느냐고? 걱정 마
시라. 그는 이때까지도 선글라스를 벗지 않았으니 벌써
뮤지션의 기운을 풍기고 있었다. 게다가 어느새 머리까지
장발로 길러 이미 근사한 연주자처럼 보였다. 이 탓에 사
람들은 어느덧 그를 오 중사가 아닌 '오부리'라고 부르고
있었다. 그가 맡은 일은 예의 그 화려한 입담으로 무장한
사회와 베이스 기타였다. 딩가당.

191

이제부터 할아버지의 이야기는 전쟁 영웅의 이야기에서 음악인의 이야기로 변모한다.

빗발치는 총알 사이를 피해 다니던 사람이 어떻게 음들이 떠다니는 예술의 세계로 옮겨 갈 수 있느냐고 묻는다면, 그건 전적으로 풍이었기에 가능했다고 말하겠다. 그리고 풍의 곁에는 구가 있었다. 이 부자는 사이공 로즈에서 이미 사선을 넘나드는 활극을 펼치며 호흡을 맞춘 전력이 있었기에, 음악적 · 사업적 파트너로서 세상을 헤쳐 나가는 것은 문제도 아니었다. 이제 마흔둘이 된 아버지와 스물둘이 된 이 부자는 완전히 새로운 삶의 문을 하나 열었다.

2

—자, 날이면 날마다 오는 공연이 아닙니다. 오늘은 특별한 공연.

마이니치 노 코엔자 나이. 도쿠베츠나 코엔. 스페샤루 코엔.

투데이 이즈 낫 에브리데이즈 데이. 투데이즈 콘서트 이즈 스페셜 콘서어트~!

오 중사가 어디서 영어와 일본어를 배웠는지는 알 수 없다. 자기 생의 역사만큼이나 굴곡진 웨이브의 장발을 휘날리며, 오 중사는 항시 3개 국어로 무대를 열었다. 그건 이들의 공연이 세계적 수준이라 일본 비즈니스맨과 영국 상류층까지 몰려들었기 때문이 아니라, 그저 오 중사가 과거의 수다를 무섭도록 되찾았기 때문이었다. 무대에 올라서면 그의 입에선 폭우처럼 언어가 쏟아져 내렸다. 하지만 오 중사는 죄책감 때문인지 여전히 풍과 눈을 맞추지 못했다. 신들린 수다와 연주로 공연을 끝내고 나면, 조용히 무대에서 내려와 슬그머니 고개를 돌렸다. 행여나 대화를 하기 위해 얼굴을 마주 보더라도 선글라스를 벗지 않았다. 미안함 때문인지, 아니면 소리쟁이의 삶에 새로운 매력을 느꼈는지 오 중사는 방에 처박힌 채 모두가 놀랄 정도로 연습에 매진했다. 8비트 기본 리듬은 물론, 16비트, 32비트, 재즈, 블루스, 고고, 록, 뽕짝에다, 그 어렵다는 '당가당' 베이스까지 휘뚜루마뚜루 섭렵해 버렸다. 그가 연주를 하는 모습을 보고 있노라면, 마치 줄 위에서 떨어지면 죽어 버리는 외줄 타기 곡예사처럼 네 개의 베이스 줄 위에 자기 생의 모든 것을 걸어 놓은 것 같았다. 자기 손가락으로 움직이는 네 줄이 튕겨지면 그 반동으로 생이 활력을 되찾는 듯, 그는 연주에 온전히 매진했다. 이로 인해 오 중사의 연주는 세무사건, 운동선수건, 목사건, 창녀건, 교수건, 무식자건, 유식자건, 고자건, 말 자지건, 그 누구라도 들으면 마음을 훌러덩 열어 버리는 힘을 가지게 됐다. 그 탓인지 그의 연주를 듣고자 전국 각지의 고수들이 한 번씩 찾아오곤 했는데, 한 날은 자그마한 체구의 사내가 찾아와 오 중사의 연주를 보더니 울음을 터뜨리고 말았다. 그 작은 사내 역시 베이스 주자였는데, 오 중사의 연주에 심한 충격과 좌절을 느끼고 그날 곧장 베이스를 개천에 갖다 버렸다. 그리고 그때부터 전자 기타를 잡았는데, 훗날 오 중사는 TV를 보다가 소리쳤다.

— 어. 저 친구! 그때 울다 간 친구잖아.

그는 기타의 신이 되어 불을 뿜는 연주를 하며 노래를 부르고 있었는데, 그때 오 중사를 만났던 경험이 음악적 영감이 됐는지 아닌지, 아무튼 그 가사는 이랬다.

— 한 번 가고, 두 번 가고, 자꾸만 가고 싶네.

여하튼 그건 그 친구 사정이고, 이즈음 구의 기타 실력도 점차 늘어 풍의 밴드는 전국 팔도의 웬만한 유랑 악단이 폼을 잡으러 왔다가는 오줌을 지리고 도망갈 정도의 밴드로 자리 잡아 갔다. 게다가 옥의 노래 실력은 감수성이라고는 눈곱만큼도 없는 앞잡이도 촉촉이 젖게 만들 정도가 아니었던가. 거, 말이 나온 김에 이야기하자면, 앞잡이는 사이공에서 끔찍한 사고를 당한 뒤 병원으로 후송되었는데, 우리의 앞잡이가 누구인가. 치료가 끝나기도 전에 그는 사이공에서 또 자취를 감추고 말았다. 그 뒤로 앞잡이, 아니 챙 회장이 다시 홍콩으로 갔다는 둥, 홍콩이 아니라 다시 한국으로 왔다는 둥, 변장을 하고 중도에도 다녀갔다는 둥, 소문은 무성했는데, 역시 확인된 바는 하나도 없었다. 여하튼 이것도 앞잡이 사정이고, 우리의 주인공 풍은 여기저기 유랑하는 생활이 자기에게 걸맞은 인생이라 여겼다. 이름 자체가 바람을 뜻하는 풍이 아니었던가. 다만 아쉬운 점이 있다면, 장기 공연을 할 때마다 중도를 떠나야 한다는 것이었으니, 그것은 당연히 밤과의 작별을 의미했다.

둘은 이미 함께한 지 이십여 년이 훌쩍 지났지만 그 금슬지락은 식지 않았다. 둘이 운우지정을 나누는 밤이면 중도의 모든 수험생이 귀를 막아야 할 정도로 그 기운이 뜨거웠다. 어찌 된 영문인지 기껏 30개월이면 신체에서 떠나 버린다는 사랑을 지속시켜 주는 호르몬, 즉 암페타민은 열다섯 살의 풍에게 한 번 온 뒤로 줄곧 떠나지 않았다. 그건 밤 역시 마찬가지였다. 이 둘은 자신들의 사랑을 시간으로 증명하고 있었다.

그즈음 밤은 옥과도 사이가 돈독해져 '옥아, 옥아' 하며 불렀는데, 옥도 그 소리가 싫지 않았는지 부를 때마다 '네, 어모니' 하며 쪼르르 달려갔다. 애교가 몸에 밴 옥이라 비록 코맹맹이 소리가 나서 그렇지 한국어만큼은 기막힐 정도로 해냈다. 그 탓에 중도에 처음 오는 사람은 30년 전에 풍을 성인으로 착각했던 것처럼, 옥을 모두 한국인으로 착각했다. 그리고 옥도 때로는 자신이 홍콩 사람이 맞나 싶을 정도로 헷갈리기까지 했다. 옥이 이 정도로 한국말이 늘었던 건 사실, 듣기 훈련을 남들보다 열 배, 스무 배는 더 했기 때문인데, 그건 예상했다시피 모두 오 중사의 수다 덕이었다. 그나저나 이렇게 중도를 기점으로 유랑 생활을 하는 중, 세월은 빠른 속도로 흘러갔다. 평화로운 시절의 시간이 세상에서 가장 빠르다는 것을 증명하듯, 꽃들이 빨리 피고 빨리 졌다. 해가 뜨고, 달이 뜨고, 낙엽이 지고, 눈이 오고, 다시 꽃이 피었다. 오 중사에게 도리짓고땡으로 돈을 조금씩 잃었던 어르신도 어느덧 하나둘씩 세상을 떠났고, 구도 어느덧 스물일곱 살이 되었다.

그리고 그해 어느 날, 옥은 천장에 매달린 하얀 천 줄을 잡고 다시 한 번 "어모니! 어모니!" 하고 애타게 외쳤다. 그렇다. 내가 태어난 것이다. 할아버지는 내가 태어나는 날 기나긴 덕담을 했는데, 실상 할아버지의 말을 기억하는 사람은 아무도 없다. 그건 할아버지 옆에서 누군가 훨씬 긴 덕담을 쏟아 냈기 때문이다. 물론 오 중사다.

—아이고. 성님. 성님 가문에 가뭄의 단비처럼 손자가 태어났으니, 이 어찌 기쁜 일이 아니겠소. 이 아기가 성님 손자라면, 그건 역시 지한테도 손자나 진배없으니 이리 봐도 어여쁘고, 저리 봐도 어여쁘니, 이놈 열 살만 돼도 동네 처자들이 다리를 꼬고 지나가겠소. 그나저나 이놈 눈 좀 보소. 송아지 눈망울 같은 것이 하늘에서 내리는 빗물만 쳐다봐도 원래 지 눈에 맺힌 눈물인 양 그렁할터이니, 동네 처자는 물론 세상 처자들까정, 나이는 물론, 지역, 국적 가리지 않고 울리게 생겼소. 그나저나 그게 중요한 게 아니고, 세상은 원래 이처럼 우는 사람들로 가득차 있으니, 네놈이 살면서 사람들의 눈에 흘리게 하는 눈물은 기쁨의 눈물이 되길 바라고, 네놈이 그치게 하는 눈물은 통한의 눈물이 되길 바란다. 어차피 울지 않고 살 수없는 세상, 너로 인해 좋은 눈물만 가득하리라. 할아버지가 늘어놓는 이야기만큼 자유롭게 활개를 치고, 아버지가쌓아 온 추억만큼 진심으로 사랑하거라.

오 중사가 어디서 남도 사투리를 배웠는지는 알 수 없

다. 오 중사의 말대로건, 할아버지의 말대로건, 결국 아버지는 내가 어르신들이 해 주신 말〔言〕대로 살아가길 바란다며, 내 이름을 '언'으로 지었다. 그리고 이풍이 허풍으로 불리고, 이구가 허구로 불리듯, 나 역시 허언으로 통하게 되었다.

*

모든 아버지가 그렇듯, 나를 낳은 후 책임감을 느낀 아버지는 밴드의 내실을 다지는 데 더욱 힘을 쏟았다. 풍은 밴드를 백방으로 알렸고, 구와 옥, 그리고 오 중사는 밴드의 사운드에 더욱 심혈을 기울였다. 하늘도 나로 인한 짐을 덜어 주려는지, 이즈음 풍의 밴드는 미 8군 전용 클럽에서 연주를 해 보지 않겠느냐는 연락을 받게 된다. 절호의 기회를 놓칠 수 없었던 구와 오 중사는 무대에서 지미 핸드릭스와 잭 브루스가 울고 갈 정도로 불을 뿜는 연주를 선보였다. 옥은 지금으로 치자면 휘트니 휴스턴은 물론, 돌고래도 울고 갈 정도로 8옥타브를 넘나드는 괴성을 선보였다. 미군들은 휘파람을 우레처럼 쏟아 내며 연신 엄지를 치켜세웠다. 이날, 공연이 끝나자마자 매니저가 풍에게 달려와 말했다.

— Mr. Poong, your band was the best band I've ever seen in Korea. I was really impressed.

(풍 선생, 당신네 밴드는 이때껏 제가 한국에서 본 밴드 중 최고인 것 같소. 정말 감명 받았소이다.)

풍이 대답을 잘 못하고 있자, 3개 국어로 사회를 보았던 오 중사가 잽싸게 대답했다.

— 투데이즈 퍼포먼스 이즈 저스트 키딩. 왓.

(오늘 공연은 그냥 장난이었지. 뭐.)

질문인지 뭔지 도통 알아들을 수 없게 대답한 오 중사의 말을 매니저는 용케도 알아들었는데, 이는 사실 그가 스미스 가문 출신이었기 때문이다. 앞잡이의 개떡 같은 영어를 찰떡처럼 알아들었던 미 7사단의 고위 간부 스미스 말이다. 앞서 말했듯 훗날 스미스의 후손이 종로의 영어 강사로 부임해 한국 수강생의 콩글리시를 척척 알아들은 것 역시 모두 이 집안의 내력이다. 아무튼, 대화는 계속된다.

— Actually, I wonder if your band could play everyday for my club…….

(실은 선생님의 밴드가 저희 클럽에서 매일 연주를 해 줬으면 합니다만, 혹시…….)

또 어디서 배웠는지 오 중사는 뒷머리를 손으로 빗으
며 공갈을 날렸다.

— 아이 온리 드링크 버드와이저. 레저베이션.

(나는 버드와이저만 마시니, 그걸로 준비해 주게나.)

매니저는 이번에도 오 중사의 말을 알아듣고 고개를
끄덕였다. 그러더니, 그는 이렇게 물었다.

— How about a house band?

(아예 전속 밴드로 연주하는 게 어떻겠습니까?)

이에 오 중사는 눈썹이 선글라스를 삐져 나갈 정도로
추켜올리며 되물었다.

— 와이낫?

(여부가 있겠습니까. 선생님!)

이리하여 풍의 밴드는 미 8군 전용 클럽의 하우스 밴드
가 되었다. 사실 여러 팀들이 번갈아 서야 하는 클럽 무대
의 특성상 밴드에게 차례가 돌아오는 것은 기껏해야 한 달
에 두어 번 정도였다. 하지만 솔로 가수의 반주를 책임지
는 하우스 밴드가 되면 매일 무대에 설 수 있었다. 풍은 신
이 나서 매일 클럽으로 이들을 데려다 주었고, 구와 오 중
사는 매일 기타 줄을 튕겼고, 옥은 매일 코러스를 맡았다.

간혹 풍의 밴드가 메인으로 서는 날에는 다시 보컬을 맡는 식이었다. 이때 풍의 밴드는 실로 여러 솔로 가수들의 세션을 맡았는데, 한국의 엘비스 프레슬리라는 젊은 남자도, 그의 라이벌이라는 다른 남자도, 미니스커트를 처음 입고 왔다는 여자 가수도 모두 풍의 밴드와 호흡을 맞추었다.

이렇게 몇 년을 보내며 하우스 밴드 생활을 했는데, 이때 알게 된 이들 중에는 여대생 때부터 미 8군 클럽 무대에 섰던 트로트를 기가 막히게 부르는 여가수가 있었다. 이 여가수는 눈이 동그랗고 얼굴이 앵두처럼 생겼는데, 훗날 자신이 쓴 곡이 대히트를 해 모든 국민이 아는 가수가 되었다. 그러나 이 당시만 해도 혼자 통기타를 치며 노래하거나, 무대에 설 때마다 반주해 줄 밴드를 구해야 했다. 미 8군 클럽 무대에 설 때마다 풍의 밴드와 호흡을 맞춘 여가수는 외부 행사에 나갈 때에도 자연스레 풍의 밴드에게 반주를 부탁했다. 그리고 이날도 풍에게 반주가 가능한지 물었다. 그런데 문제는 이날 행사가 풍에게 물어본 바로 그날, 즉 당일 행사라는 것이었다.

— 아저씨. 정말 급해서 그런데 혹시 안 되겠어요?

여가수의 말에는 어딘지 모르게 절실함이 묻어 있었다.

— 아니, 무슨 일이기에 지금 당장 가야 한다는 거야?

항상 침착했던 여가수의 말은 이날따라 어쩐지 애원조

로 들렸다.

　―돈은 걱정 마세요. 대신 거기서 그냥 시키는 대로만
하시면 돼요.

　풍은 뭐 이런 행사가 다 있나 싶었다. 망설이는 풍 대
신, 오 중사가 대답했다.

　―버드와이저 레저베이션.

3

　풍과 구와 옥은 벽에 기대 쭈그리고 앉아 있었다. 좁고
답답하고 적막만이 흐르는 공간이었다. 코드가 있어 작은
베이스 앰프와 휴대용 기타 앰프가 연결돼 있었고, 바닥
에서 튀어나온 선에 마이크도 연결돼 있었다. 오 중사가
현을 튕겨 보니 어디에 숨어 있는지 알 수 없는 스피커에
서 잔잔한 소리가 들려왔다. 구도 코드나 맞춰 볼 겸 튕겨
보니, 음질이 놀랄 정도로 뛰어났다. 수년간 호흡을 맞춰
온 이들이기에 옥도 반사적으로 노래를 불렀다.

Somewhere, over the rainbow, skies are blue,
　저기 어딘가에, 무지개 너머에, 하늘은 푸르고

And the dreams that you dare to dream really do come true.

네가 감히 꿈꿔 왔던 일들이 정말 현실로 나타나는 곳.

밤무대에서만 연주해 온 이들의 귀에는 믿기지 않을 정도로 잔잔하고 편안한 소리였다. 스스로 연주하고 있으면서도 과연 이 소리가 자신들이 내고 있는 소리인지 믿기 어려울 정도였다. 흡사 테이프를 틀어 놓은 것 같았다.

멤버들이 소리를 맞추는 사이, 풍은 생각했다. '대행사'란 무엇일까. 여가수는 주소를 알려 주며 "대행사에 온 밴드"라고 말하라고 했다. 즉, 지금 자신이 와 있는 이 행사가 대행사라는 말인데, 그렇다면 소행사도 있는 것일까. 여기서 어쩔 수 없이, 훗날 대행사의 정체를 알게 된 내가 개입해 설명할 수밖에 없는데, 대행사라 함은 풍의 밴드가 와 있는 이 궁정동 집의 주인이 부하 직원들과 함께 가수와 여자들을 불러 유흥을 즐기는 자리였다. 반면에, 소행사는 이 집의 주인이 여자와 단둘이 술을 마시는 자리였다(러브 러브 모드랄까). 차후에 알려진 바로는, 대행사가 월 2회, 소행사가 월 8회꼴로 매달 10회가량의 연회가 열렸다고 한다. 그건 그렇고, 이 알 수 없는 고풍스러운 집과, 놀라운 음질의 비밀 스피커, 그리고 집을 둘러싸고 있는 적막과 사람들은 풍에게 두려움을 선사했다. 그러나 나머지 세 명에게는 이러한 분위기가 익숙했는데, 그건 전적으로 사이공의 챙 회장, 아니 앞잡이의 집에서 풍겨 나오는 기운과 같은 것이었다. 시내에 있지만 큰 관심을 가지지 않는 한 찾기 어려운 위치, 문이 모조리 닫혀 있어 정체를 알 수 없는 여러 개의 방, 고풍스러운 장식물은 가득하지만 그 사이에 무겁게 내려앉은 적막한 기운, 게다가 입구를 지키고 있는 검은 양복의 사내까지. 이것은 뭔가 비밀스러운 일을 꾸미는 사람들의 전형적인 공통점이라는 것을 구와 옥, 그리고 오 중사는 경험으로 깨달았다. 그럼에도 불구하고 가장 궁금하면서, 동시에 가장 자존심 상하는 것은 바로 이것이었다.

'하필이면 왜 병풍 뒤인가?'

비록 여가수가 가서 시키는 대로만 하라고 했지만, 밴드 사운드까지 맞춰 보았으니 굳이 풍이 병풍 뒤에 숨어 있을 이유까진 없었다. 그래서 풍은 입구에서 만난 검은 양복에게 사정을 설명하려 했다. 검은 양복은 이 대행사와 소행사를 맡아서 실행하는 자인데, 그의 눈빛을 언어로 옮기자면 '아, 내가 왜 이런 일까지 해야 하는데' 정도라고 할 수 있다. 아무튼 풍은 검은 양복에게 가서 자신은 밴드 마스터일 뿐, 연주를 하지 않으니 굳이 병풍 뒤에 없어도 되지 않느냐고 설명하기 위해 나가려는 찰나, 문이 덜컥 열렸다.

— 임자. 시바스 리갈은 준비했지?

집주인은 부하 직원들에게 이렇게 물으면서 들어왔다.

검은 양복이 사람들이 오면 쥐죽은 듯 가만히 있다가 노랫소리에 맞춰 반주만 하라 했으니, 풍은 이제 나갈 수도 없는 딱한 처지가 되었다. 자신이 왜 병풍 뒤에 있어야 하는지 그 이유조차 알지 못했던 풍은 아이러니하게도 이때 하늘의 뜻까지도 알게 된다는 지천명, 즉 오십 세였고, 구는 서른, 그리고 나는 네 살이었다. 정확히 말하자면, 때는 1979년 10월 26일 저녁 여섯 시였다.

*

풍의 밴드는 왜 이날 병풍 뒤에서 자신들의 존재까지 숨겨 가며 연주를 해야 했을까.

이에 대해 할아버지는 내게 이렇게 말했다.

— 한 사람의 성장은 많은 사람들이 포기한 자존심의 대가란다.

나의 가족이 이날의 모욕적인 대우를 참았던 것은 내가 태어났기 때문이다. 할아버지는 나를 보며 지긋이 웃은 후, 다시 이야기 속으로 돌아갔다.

이미 사람들이 들어온 이상, 이대로 숨어 있다가 여가수의 노래에 맞춰 반주를 하면 되는 것이었다. 아니, 그렇게 해야만 했다. 여하튼, 이제 풍의 밴드는 여가수가 노래를 부르기만 기다렸는데, 아 어찌 된 일인지 이 사람들은 가수를 불러 놓고 딴소리만 하고 있었다.

— 거. 김 부장. 지난번 부산, 마산 건 처리 말이야. 너무 물러 터졌어.

챙 회장처럼 거대한 집을 소유한 자가 부하 직원을 타박했는데, 그 목소리가 어쩐지 귀에 익었다. 남쪽 어투 같기도 하고, 일본 어투 같기도 한 말을 구사하는 그는 군인처럼 말을 딱딱 끊어서 했다.

— 더 세게 나가면 무슨 일이 벌어질지 모릅니다.

김 부장이란 자가 대답을 했는데, 그의 목소리는 또 어딘가 모르게 억눌린 것 같았다.

— 아, 김 부장이 못하니까, 북한이 우습게 아는 거 아니오!

이번엔 굵직한 목소리가 끼어들어 오지랖 넓게 북한까

지 언급하며 김 부장을 타박했다. 그러자 김 부장은 굵직한 목소리에게 힘을 실어 낮게 말했다.

— 차 실장은 가만있어.

그러자 차 실장이란 자가 집주인에게 이런 말을 하는 것이었다.

— 하나둘씩 봐주면 끝이 없습니다. 데모하는 것들은 탱크로 싹 밀어 버려야 합니다. 각하!

순간, 풍과 오 중사, 구와 옥의 항문에 힘이 팍 들어가면서 병풍 뒤에서 기함을 할 뻔했다. 선글라스를 낀 오 중사는 미간이 일그러지면서 이내 울상이 되었다. 아까 깜빡하고 말 못했는데, 여가수가 5년 뒤 히트시킨 곡은 「남자는 차, 여자는 주차장」이다.

이때부터 풍의 밴드는 남은 생에 쓸 모든 집중력을 끌어모아 이들의 대화에 집중했다. 이들 중 여가수를 제외한 누구도 자신들이 병풍 뒤에 있다는 것을 모르고 있을 것이고, 자신들의 존재를 아는 이는 '아, 내가 왜 이런 일까지 해야 하는데'라는 눈빛의 검은 양복뿐이었다. 그러고 보니 검은 양복이 풍의 밴드를 데리고 이 방 안까지 들어올 때 마주친 이도 하나 없다. 풍은 머릿속으로 갖가지 생각을 했다. 검은 양복은 대행사를 준비할 때마다 이런 식으로 밴드에게 연주를 시킨 것일까. 그렇다면 밖에 있는 저들도 우리의 존재를 아는 것일까. 아니면 밖에 있는 저들은 검은 양복이 준비하는 일 따위는 전혀 신경 쓰지 않는 것일까. 그래서 누가 자신들을 위해 숨어서 연주를 하건, 움직이지도 못한 채 죽은 듯 겨우 호흡하건 간에, 전혀 개의치 않는 것일까. 풍은 오키나와와 거제 수용소, 그리고 월남까지 갔다 왔지만, 이곳이야말로 무간지옥이라는 생각이 들었다. 그건, 각자의 삶 속에서 생사의 고비를 이미 여러 차례 넘긴 바 있는 오 중사도, 구도, 옥도 마찬가지였다.

풍의 밴드는 언제 노래를 시작할지 몰라 촉각을 곤두세우고 대화를 들었다. 들어 보니, 이 자리에 참석한 자는 집주인인 영감, 김 부장, 차 실장, 김 실장, 여가수, 그리고 모델이라는 여대생이었다. 김 실장은 계속하여 영감의 비위를 맞췄고, 차 실장과 영감은 계속하여 김 부장을 타박했다. 그 때문인지 문을 여닫는 소리가 한 번 난 뒤로, 김 부장의 목소리는 들리지 않았다.

— 임자. 인생도 짧은데, 노래 한 곡 해 보지.
취기에 젖었지만 군인의 어투는 사라지지 않았다.
— 네. 「슬픈 잔」이란 노래입니다.

이때였다. 여가수의 신호가 떨어지자, 오 중사와 구는 초긴장하여 코드를 잡았다. 둘은 완벽이라고 해도 좋을 정도로 동시에 반주를 시작했다.

─거. 테이프 반주가 아주 생음악 같구먼.

영감이 위스키 잔에 담긴 얼음을 달그락 부딪치며 말했다.

「슬픈 잔」이란 엔카는 이미 여러 번 맞춰 본 적이 있는 노래라 풍의 밴드와 여가수는 완벽한 호흡을 선보였다.

─임자 목소리가, 천생, "난 사랑밖에 몰라요" 하는 것 같아. 몇 곡 더 해 보지.

여가수는 이번엔 「눈물 젖은 두만강」을 부르겠다고 했다.

─두마안강 푸른 물에 노오 젓는 배앳사아공~

죽은 듯 살아서 연주하는 이들의 반주가 방 안에 낮게 깔렸다. 병풍 뒤에선 어떠한 일이 벌어지든 병풍 밖의 세계엔 아름다운 소리만이 울려 퍼졌다. 김 실장인지 차 실장인지 누군가 여가수의 노래에 젓가락으로 박자를 맞췄는데, 이때 명령 같은 군인 어투가 끼어들었다.

─근데, 코러스는 왜 없나?

순간, 코러스라는 말에 병풍 뒤에 있던 옥이 "내 님이

이여~" 하며 코러스를 불렀다.

— 아, 2절부터 나오는구먼. 오늘은 준비가 아주 입체적이야.

군인 어투는 여가수의 노래를 무척 좋아하는지, 또 한 곡을 해 보라 했는데 문제는 여가수가 부르겠다고 한 다음 곡이 「황성옛터」였다. 오 중사는 「황성옛터」를 끔찍이 싫어해 코드를 잘 몰랐다. 그 탓에 구의 손가락을 보며 코드를 뒤늦게 파악하여 근음만 짚었는데, 그러자 당연히 베이스만 한두 박자 늦게 들어가 누가 듣더라도 엉성하기 그지없는 연주가 돼 버렸다.

— 거. 테이프가 왜 이래? 갑자기. 공산당인가?

그러자 김 실장이란 자가 몹쓸 농담을 늘어놓았다.

— 날씨가 더워서 테이프가 늘어졌나 봅니다.

이번엔 차 실장이 김 실장을 나무랐다.

— 거, 무슨 소리요! 김 실장! 지금 단풍이 밖에 울긋불긋! 아주 화잰데!

차 실장은 일단 소리부터 지르고 보는 사내였다. 탱크로 밀어붙이면 된다는 둥, 연배가 위인 김 부장, 김 실장에게 "김 부장!", "김 실장!" 하며 타박하듯 부르는 둥, 한 귀에 듣더라도 안하무인이었다. 이런 자들의 공통점이 있는데, 그건 어느 한순간 뒤통수를 맞게 된다는 것이다. 아니나 다를까, 풍이 이런 생각을 하자마자 문이 열리는 소리가 드르륵 나더니, 김 부장의 목소리가 들렸다. 그는 갑자기 차갑고 무섭게 말했다.

— 차 실장, 너 이 새끼! 건방져!

그리고 언어의 화살이 상대의 가슴을 채 도려내기도 전에, 총성이 울렸다. "으악! 내 팔. 내 팔!" 하며 차 실장이 울부짖었다. 순간, 여대생과 여가수가 동시에 비명을 질렀고, 마지막으로 군인의 어투가 방 안에 울렸다.

— 김 부장, 이게 무슨 짓이야!

이 말을 하자마자 또 한 번의 총성이 울렸다. 그리고 군인 어투는 신음 소리로 바뀌었다. 당연히 노래는 멈췄으나, 풍의 밴드는 연주를 멈출 수 없었다. 이제까지는 테이프보다 못한 존재로 병풍 뒤에 숨어 있어야 했으나, 이제는 정말 자신들을 테이프로 여겨 주길 바랐다. 따라서 생과 사의 기로에서 땀에 흠뻑 젖은 채 벌벌 떨고 있는 오 중사였지만, 코드만은 틀리지 않기 위해 온 신경을 구의 손가락에만 집중해 연주했다. 옥 역시 이미 노래는 멈췄지만 머릿속으로 상상하며 곡 진행에 맞춰 "내에 님이이여~" 하며 코러스를 넣었다. 옥의 영혼은 이미 폭풍 앞의 나뭇잎처럼 떨렸지만, 그 목소리만은 떨리지 않기 위해 안간힘을 다 썼다. 구는 지금 잡고 있는 이 기타 줄이

언덕 아래로 내려진 유일한 밧줄이라는 듯 혼신의 힘을 다해 매달렸다. 풍은 이들이 박자를 놓쳐 버리면 삶을 놓쳐 버린다는 듯 때아닌 지휘를 하기에 이르렀다. 병풍 뒤에선 눈물바다라 해도 좋을 정도로 모두 눈물 콧물 흘리며 각자의 역할에 매달렸다. 이들은 생명을 부지하기 위해 생명이 없는 테이프 행세를 하며, 목숨을 운명에 맡긴 채 불안에 떨고 있었다.

이때, 병풍 밖에선 격발이 실패하는 소리가 났다. 그러자 김 부장의 발소리가 멀어져 갔다. 김 부장이 나가자 남자들의 육중한 발소리도 도망가듯 멀어져 갔다. 순식간에 방 안에는 쓰러진 집주인과 여가수, 그리고 여대생만이 남았다. 이때야 비로소 풍의 밴드는 연주를 멈출 수 있었다. 그리고 이제야말로 병풍 밖으로 도망치려는 순간, 이번엔 불이 꺼지더니 총성과 비명이 연이어 터졌다. 지금 나갔다간 저 총격의 소용돌이에 휘말려 자신들도 희생양이 될 게 뻔했다. 그렇다고 언제고 병풍 뒤에만 있을 수는 없는 노릇이었는데, 도망갈 기회를 엿보는 사이, 다시 불이 켜지고 우당탕 발소리가 들렸다.

"경호원. 권총! 권총!" 하고 외치며 차 실장이 들어오자, 풍의 밴드는 어쩔 수 없이 다시 연주를 시작했다. 이

때 갑자기 김 부장이 돌아와 차 실장에게 '타앙!' 발사를 했다. 그런데 문제는 여기서부터였다. 역사는 차 실장이 김 부장과 격투 끝에 죽은 걸로 기록하고 있지만, 아, 풍의 역사가 어떤 역사인가. 조명받지 못한 역사의 음지에 빛을 공평히 비추어 진실을 찾아내는 기록이자, 동시에 할아버지의 세계관과 경험담이 반영된 그만의 역사가 아닌가. 차 실장은 역사에 남겨진 것처럼 곧장 죽지 않았다. 괄괄하고 굵직한 음성의 소유자답게 조금 비틀거리긴 했지만 쉽게 쓰러지지 않았다. 그 비틀거리는 소리는 점점 병풍 쪽으로 다가왔다. 이때, 권력자들에 의해 한순간에 꺼져 버릴 수 있는 생의 촛불을 오로지 눈치와 임기응변만으로 지켜 왔던 오 중사는 자신이 선글라스를 끼고 있다는 사실을 번뜩 떠올렸다. 아울러, 이제 어느덧 오 중사와 생의 고비를 여러 번 함께 넘기며 호흡을 맞춰 온 풍 역시 오 중사의 계획을 직감했다. 동시에, 아비와 함께 월남에서 활극 부자로 활약한 구 역시 본능적인 공기의 흐름을 감지했다. 어찌 된 영문인지 옥까지도 무언의 대화를 읽었다.

자, 그러면 그것은 무엇인가. 우리는 이 책의 1부에서 풍이 이미 열 살 때 백 세 노인의 목소리를 흉내 내며 담배를 얻어 피우고, 여섯 살 금순이에게 동갑내기 행세를 했다는 사실을 떠올릴 필요가 있다. 그때 나는 이런 말을 했으니, 현명한 독자는 아마 내 말을 기억할 것이다.

'풍은 심정에 따라 표정을 바꾸는 것은 물론이거니와 마치 가면을 바꿔 쓰듯 얼굴을 바꿔 썼다. 어떻게 그게 가능하냐고 반문한다면, 풍이 나중에 생활 속에서 처하는 영화 같은 상황에서 능숙한 연기를 선보인다는 사실을 미리 귀띔해 두겠다.'

그렇다. 이야기는 기나긴 길을 돌고 돌아, 이제야 바로 그 영화 같은 상황에 도달한 것이다. 풍과 구와 옥과 오 중사는 차 실장이 병풍을 쓰러뜨리며 넘어지자, 일제히 맹인 행세를 했다. 오 중사는 병풍이 자신의 얼굴을 때리고 쓰러지자 갑자기 손에서 기타를 스윽 놓더니 떨어진 기타를 찾지 못하는 시늉을 했고, 옥은 뜬금없이 중국어를 내뱉었다.

— 한궈떠 뚱시 하오. 한궈쯔자오 쩐 하오!

(한국 물건 좋아요. 한국제 정말 좋아요!)

그러자 모두 "한궈떠 뚱시 하오!"를 외쳤는데, 이는 실상 우리는 아무것도 못 봤으며, 들어도 무슨 내용인지 전혀 모른다는 외침이었다. 따라서 풍의 밴드는 순식간에 중국인 맹인 밴드로 탈바꿈했는데, 이에 쓰러졌지만 입은 살아 있던 차 실장이 중얼거렸다.

─아니, 이 짱깨 오부리들이!

여기서 우리는 '짱깨'라는 단어와, '오부리'라는 단어에 주목할 필요가 있는데, 이것은 실상 생활에서는 모두가 쓰고 있는 단어이지만, 정작 본인들을 만났을 때는 결코 입에 담지 말아야 할 단어라는 것을 상기할 필요가 있다. 혹시 독자 중에 중국집에 전화를 걸어 "거기 짱깨지요?"라고 물었다가 곧장 전화가 끊겨 버리는 황망한 경험을 한 사람이 있다면 쉽게 이해할 수 있을 터인데, 같은 맥락으로 세션 연주자들이 모두 '오부리'라 불려도, 막상 면전에서 오부리라 부르면 좋아할 오부리 역시 아무도 없다는 것이다. 그것은 이미 중도의 모든 남녀노소에게 오부리로 불리고 있었던 오 중사 역시 마찬가지였다.

따라서 오 중사 역시 심한 모멸감을 느꼈는데, 과연 이대로 맹인 행세를 해야 할지 재빠르게 갈등하고 있었다. 이런 생각을 하는 사이, 차 실장이 순간 구와 풍을 정말 맹인으로 착각했는지 아니면 총을 맞아 판단력을 상실했는지 이들을 발로 차기 시작했다. 풍과 구와 오 중사는 엉겁결에 눈을 감은 채 차 실장의 발길질을 받아 내야 했는데, 차 실장은 급기야 옥의 목을 팔로 낚아챈 후 머리에 총구를 겨눴다. 옥을 인질로 잡은 차 실장은 숨을 몰아쉬며 김 부장에게 말했다.

―총을 버려라. 총을 버리면, 각하에게 발사한 건 사고
였다고 하겠다.

김 부장은 물러서지 않았다. 그가 정말 훗날 법정에서
진술한 대로 민주주의의 회복을 위해 이날을 계획했는지,
아니면 차 실장과의 권력 다툼으로 총을 쐈는지에 대해선
내가 뭐라 말할 순 없다. 단지, 확실히 말할 수 있는 건 김
부장이 총구를 거두지 않자, 풍과 구 활극 부자가 맹인 행
세하길 그만뒀다는 것뿐이다. 활극 부자는 순간 오랫동안
병풍 뒤에서 무릎도 펴지 못해 갑갑해 미칠 지경이었다는
듯이, 동시에 부웅 솟아올랐다. 어떠한 약속도 작전도 없
었지만, 둘은 마치 영혼으로 모든 것을 교감했다는 듯이
약진했다. 게다가 이 활극에는 사이공 로즈에서의 액션
과 차이가 있었는데, 그건 배우가 한 명 더 출연했다는 것
이다. 물론, 그 배우는 오 중사였다. 구가 전광석화와 같
은 움직임으로 차 실장의 다리를 낚아채자, 오 중사가 잽
싸게 옥의 다리를 잡아당겼다. 비명을 지르며 바닥에 쓰
러지는 옥을 오 중사가 마치 007 영화의 제임스 본드처럼
우아하게 받아 냈고, 역시 쓰러지는 차 실장에게 득달같
이 풍이 달려들어 얼굴을 강타했다. 그런데 차 실장이 이
때껏 안하무인이었던 게 자신감의 발로였던지, 결코 호

락하지 않았다. 이미 총을 두 번이나 맞았음에도 불구하고, 차 실장은 풍과 뒹굴며 격투를 벌였다! 풍은 살아오면서 무수한 격전을 치렀지만, 이토록 황당한 경험은 처음이었다. 그것은 중도에서의 이리 떼 수십 명을 단번에 처치하고, 거제 포로수용소에서 친공 포로들과 격전을 벌이고, 역시 월남에서 앞잡이의 부하들과 주먹 대결을 할 때와는 전혀 다른 느낌이었다. 아니면 풍도 나이를 먹어서일까. 이 둘은 엎치락뒤치락하며 뒹굴었는데, 오 중사와 구 그 누구도 감히 끼어들지 못했다. 그건 비록 오발이긴 했지만 차 실장이 뒹굴며 권총을 한두 차례 쏘아 댔기 때문이었다. 그렇다면 이 격투는 어떻게 끝난 것일까. 그것을 끝낸 자는 김 부장이었다. 김 부장은 차 실장이 살아남을 경우, 모든 계획이 수포로 돌아간다는 것을 가장 잘 아는 사람이었다. 따라서 난데없이 나타난 풍에게 차 실장의 처치를 맡길 순 없었다. 그는 끝내 기회를 엿보다 결국 차 실장의 등이 풍의 몸 위에 있을 때, 격발을 했다. 차 실장은 등을 맞고 이내 풍의 몸에서 떨어져 신음을 했고, 김 부장은 차 실장에게 확인 사살을 했다. 그리고 몸 위에서 차 실장이 떨어져 나간 풍의 옆구리에서는 뜨거운 피가 흘러내리고 있었다.

*

차 실장이 끝내 숨을 거두자, 김 부장은 턱짓으로 집주인을 감싸고 있던 여대생을 나가라고 했다. 여대생과 여가수가 황급히 밖으로 나가자, 김 부장은 술상에 얼굴을 박고 있는 집주인의 뒤통수를 향해 방아쇠를 당겼다. 김 부장의 옷에 피가 튀었고, 구와 옥과 오 중사는 그 장면을 멍하니 지켜봤다. 김 부장은 풍의 밴드는 개의치 않는다는 듯 잽싸게 밖으로 나갔다. 밖에선 몇 번의 총성이 더 울렸고, 이렇게 하여 이른바 상황은 종료된 듯했다.

풍의 밴드에게 다시 찾아온 인물은 입구에서 자신들을 저지했던 검은 양복이었다. 그 역시 옷에 핏자국이 묻어 있었는데, 그는 여대생과 여가수를 먼저 보내며 이렇게 말했다.

─집에 가서 푹 쉬고, 오늘은 아무것도 못 본 거야. 알았지. 아무것도 못 본 거라고.

그러곤 그들에게 돈 봉투를 건넸는데, 풍의 밴드에게도 같은 말을 했다.

─병원에 태워 줄 테니, 치료는 걱정 마시고, 단 아무것도 못 본 겁니다. 정말이오. 아무것도 못 본 거요. 만약

무슨 말이라도 나오면, 옆구리가 아닌 다른 데에 구멍이 날 거요.

4

병원에서의 시간은 느리게 흘러갔다. 풍은 봉투에 담긴 돈이 20만 원이었다는 것을 구에게 전해 들었다. 이때, 풍은 이미 생의 여러 전투와 격동기, 그리고 권력자들의 이 전투구에 휘둘려 보았기 때문에 그들의 처리 방식에 당황하지 않았다. 단지, 언젠가는 끝나게 될 자신의 인생 마지막 날이 그날은 아니었다는 사실을 확인하는 기분만 들 뿐이었다. 다행히 빨리 병원에 후송된 풍은 총알을 빼내고 몇 주간의 입원 치료 후 나을 수 있었다. 하지만 한 개인의 몸의 역사가 그 자신의 역사를 방증하듯, 비록 몇십 분이었지만 자신의 몸에 박혀 있었던 총알은 떨어져 나간 후에도 기어이 상흔을 남겼다. 그리고 이때껏 풍의 역사가 그래 왔듯 이 몸의 역사 역시 훗날 풍으로 하여금 또 다른 역사를 쓰게 하는 단초가 된다.

풍이 포탄의 전장이 아닌 삶의 전장에서 생의 고비를 넘기고 돌아온 사이, 세상은 많이 변해 있었다. 중도를

'새마을'로 만들어 보자며 마을 곳곳에 스피커로 「잘살
아 보세」라는 음악이 울리게 하고, 구를 월남에 보내 양
민 학살의 현장을 경험하게 하고, 아이러니하게도 훈장까
지 받게 했던 그 인물이 죽어 버리자, 나라의 절반은 침통
한 기운에 빠져 있었고, 반대로 절반은 이제야 자유가 실
현되는 세상이 올 것이라며 기대를 감추지 않았다.

　이제 오십이 된 풍은 사실 김 부장에 대해 어떠한 원망
도 미움도 가지고 있지 않았다. 그러나 만약 원망을 품고
있었더라도, 풍은 표현하지 못했을 것이다. 왜냐하면 총
격의 현장에 있었던 여가수가 정신병원에 감금되었다는
충격적인 소식을 접했기 때문이었다. 당연히 여가수의 입
을 막기 위한 조치였다. 풍은 스스로 어떠한 말도 하지 않
기로 했다. 어차피 자신을 알아본 사람들은 모두 그날 총
격으로 인해 사망을 했고, 살아남은 자 중에 자신의 존재
를 알고 있는 사람은 김 부장과 여가수, 그리고 검은 양복
뿐이었다. 풍은 검은 양복의 말대로 '절대로 나타나지 않
기로' 했다. 자칫하면 여가수의 신세를 면치 못할 것이며,
김 부장과 검은 양복은 이미 수인의 몸이 되어 재판을 기
다리고 있는 처지였다.
　그런데 김 부장은 왜 재판에서 풍에 대해 말하지 않았

을까. 풍에게 격발한 미안함 때문일까. 아니면 정말 자신의 말대로 '민주주의를 위해 혁명을 거행'한 걸까. 어찌됐든, 김 부장은 훗날 최후 변론에서 이렇게 말했다.

─지금은 아무도 나를 이해하지 못할 것이다. 하지만 민주주의는 반드시 지켜져야 한다는 것을 결국은 깨닫게 될 것이다.

김 부장은 결국 '내란목적살인 및 내란미수죄'로 사형을 당했다. 검은 양복 역시 형장의 이슬로 사라졌다. 김 부장의 거사 때문인지 아닌지는 알 수 없지만, 바로 어제까지 유신만이 살길이라고 외치던 자들은 결과적으로 유신헌법을 고쳐야 한다는 주장에 동의하기 시작했다. 오랫동안 끌어왔던 긴급조치*는 해제되었고, 이로 인해 수감된 수많은 구속자들은 석방되었다.

한편, 김 부장의 사건을 수사한 총책임자는 한 대머리 군인이었는데, 그는 입을 뗄 때마다 '보온인은' 하는 말버릇이 있었다. 이 군인이 이 이야기에 등장함으로 인해 김

---

* 제4공화국의 유신헌법은 국가의 안전보장을 위해 대통령이 국민의 자유와 권리를 잠정적으로 정지할 수 있는 긴급조치를 내릴 수 있게 했다. 유신 정부는 이를 이용해 민주주의를 요구하는 학생운동과 국민을 탄압하였고, 이 조치는 1975년까지 9차례 내려졌다.

부장의 인생은 끝난다. 그는 이 사건을 최종적으로 김 부장이 "어처구니없는 허욕으로 대통령이 되겠다며 벌인 내란 목적의 살인 사건"이라 발표했다. 그런데 이 군인으로 인해 생의 결이 바뀐 인물은 김 부장만이 아니었다. 풍역시 그러했는데, 이 이야기는 차차 하겠다. 다시 말하자면, 대저 훌륭한 이야기에는 이렇듯 예고가 슬쩍 끼어드는 법이다. 궁금하다고? 조금만 말하자면, 풍은 이때껏 생에 경험한 모든 것을 원했건 원치 않았건 간에 자신의 힘으로 해결해 왔지만, 이때부터는 앞잡이가 장악하던 50년 전의 중도보다 세상이 더 어두워져 '삶이란 원래 이해할 수 없는 일들이 일어나기도 하는 것'이라 여기기 시작했다는 것이다.

얼마 후 이 군인은 양주를 마시다 총을 맞은 다른 군인처럼 이 나라의 지도자가 됐는데, 이때부터 풍의 밴드는 외적으로 더 많은 일을 하게 됐다. 그것은 대머리 군인이 지도자가 된 뒤로, 중도뿐 아니라 거의 모든 마을이 변했기 때문이다. 일단 동네 어귀마다 야한 영화 포스터가 하나둘씩 붙기 시작했다. 어쩌나 빨리 붙여 댔는지, 어느 순간 정신을 차리고 보니 벌거벗은 여배우의 포스터들로 나라가 도배될 지경이 되었다. 「애마 부인」, 「노교수의 후처」 정도는 양반이었고, 정체를 알 수 없는 「뜨거운 다리」, 「젖은 오늘 밤」, 「가지가 사라졌네!」, 「수박 부인」 같은 민망하기 그지없는 포스터들이 벽마다 붙어 있었다. 동네 대폿집이나 슈퍼에 걸린 달력에도 뜬금없이 폭포 아래 젖은 옷을 입은 모델이 가슴을 내밀고 있거나, 멀쩡한 갈대밭 속에서 비키니를 입고 눈을 게슴츠레 뜨고 있었다. 어이쿠, 이거 안 되겠다 싶어 이발소에 가더라도 탁자 위에는 누군가 펼쳐 놓은 대형 브로마이드 속의 모델이 또 수영복을 입고 기다리고 있었다. 심지어 목욕탕의 남성 휴게실에도 액자 속의 비키니 여인이 시뻘건 눈을 뜨고 눈치 없이 남성들의 나체를 지켜보고 있었다.

에로 영화는 마치 공산품처럼 하루가 멀다 하고 찍혀 나오고, 브라운관에 비친 야구장은 사람들로 미어터지고, 사창가까지 우후죽순으로 생겨났으니, 이 때문에 중도의 청년들은 야구에 미치거나, 아니면 예전에 꽃가루 속에 페로몬 향이 떠다녔을 때처럼 또 한 번 발기한 채로 다니곤 했다. 이는 비단 사춘기 소년이나 청년만의 문제가 아니었고 풍과 같은 나이의 어른들에게도 일어나는 문제였으니, 사람들이 세상사 따위에 관심을 둘 리 만무했다. 당시 풍의 나이는 이미 54세였고, 구는 34세였는데, 기실 이 모든 건 대머리 군인의 술수였다. 이 군인의 술수를 모르는 자들은 아무런 죄책감 없이 유혹에 빠져들었고, 이 군인의 술수를 아는 자들도 다른 방도가 없다는 듯 위에서 내려오는 유혹에 빠져들었다.

어딜 가더라도 일단은 마시고 욕구를 해결하는 분위기였던지라, 대형 회관이나 카바레는 물론, 읍내의 작은 무대까지도 밴드와 오부리들을 찾게 되었다. 가는 곳마다 관객들은 언제나 대취해 오 중사와 구의 기타 줄에 현금을 꽂아 주거나, 심지어 옥의 가슴팍에 현금을 꽂기도 했다. 그럴 때마다 구는 분노했지만, 오 중사는 여전히 자본 앞에서 자존심을 쉽게 굽힐 줄 알았다. 후다닥.

이에 때아닌 호황을 맞은 풍의 밴드는 전국을 유랑하며 본의 아닌 '전국 순회공연'을 펼치게 되었는데, 이즈음 오 중사는 여인숙 방에 들어가면 나오지 않고 줄곧 담배만 피우며 기타를 쳤다. 한 번씩 구가 그의 방에 들어가 보면 고약한 담배 냄새가 진동을 했다. 희한하게도 그가 그 담배를 피우고 연주를 하면 잭 브루스는 물론, 폴 매카트니도 오줌을 질질 싸고 도망갈 정도로 그 연주가 신기에 달했다. 이렇게 연주를 할 때면 혼자서 뭐라고 중얼거렸는데, 무슨 말을 하는지 구로서는 도통 알아들을 수가 없었다. 오 중사는 혼잣말을 몹시 빠르게 해, 구가 제

대로 들을 수 있는 말은 "알았다고", "알았다고"뿐이었다.
언제나 그랬듯 선글라스를 낀 채 외부 세계를 완전히 잊
고서 몰아한 그 모습은 흡사 자위를 하는 것 같았다. 한번
은 도무지 알 수 없는 말을 내뱉으며 연주하는 오 중사가
하도 이상해서 구가 선글라스를 벗겨 보니, 그날 오 중사
의 눈동자에는 초점이 없었다. 신기하기도 하고 궁금증도
일어서 구도 한번 얻어 피워 본 적이 있는데, 아니나 다를
까 이 담배를 피우자 구도 지미 핸드릭스는 물론, 에릭 클
랩튼과 조지 해리슨이 동시에 몰려와 '형님' 하고 울 만
큼 기똥차고 피똥 쌀 정도의 연주를 했다. 오 중사는 담배
를 줄 테니, 반드시 형님에게는 비밀로 해야 한다고 했고,
이 둘은 풍의 눈을 피해 여인숙에서 종종 담배를 나눠 피
우며 그야말로 혼신의 합주를 했다. 아마 당시에 누군가
가 이 둘의 합주 장면을 영상으로 기록해 두었다면, 비틀
즈나 롤링 스톤스의 웬만한 영상에 버금갈 거라고 장담할
수 있다.

그나저나, 이날도 둘은 여인숙 방에서 크라운 맥주를
마시며 담배를 피우고 연주를 했는데, 무심코 틀어 놓은
TV에서 뉴스가 흘러나왔다.

ㅡ속보입니다! 속보! 대통령이 순방 중인 버마 아웅산
에 폭탄 테러가 발생했습니다. 다시 말씀드립니다. 버마

아웅산에 폭탄 테러가 발생했습니다. 현재 한국인 17명과 현지인 4명이 사망한 걸로 확인되었으며…….

오 중사와 구의 기타가 부딪치며 발생한 하울링이 '삐' 하고 방 밖으로 울렸다.

5

이쯤에서 한 번 말씀드리자면, 시간은 흘러 흘러 어느새 1983년 10월이 되었다. 풍이 중도에서 첫울음을 터뜨린 날이 1930년 8월 15일이었으니, 그로부터 53년의 세월이 흐른 것이다. 이미 열다섯 살 때 자신이 자랄 수 있는 최대치의 키를 확보해 뒀던 풍은 그 풍채는 그대로였지만, 그도 인간인지라 눈가와 이마에 주름이 잡히고 눈동자에 설명할 수 없는 설움이 깃들어 있었다. 풍은 이날따라 왠지 자신의 젊은 생을 함께했던 고장 난 트랜지스터 라디오를 꺼내 보았다. 혹시나 하는 마음에 둥근 스위치를 돌려 보았지만, '딸깍' 하는 소리만 날 뿐 역시 라디오는 아무런 호흡도 하지 않았다.

오랜 지방 공연을 마치고 돌아온 터라 그런지 이날따

라 트랜지스터 라디오도 몹시 피곤해 보였다. 고장 난 채로 계속 잠들어 있는 게 어쩌면 더 평안할지도 모르겠다고 풍은 생각했다. 그 때문인지 풍은 언제부턴가 평안한 기분이 어쩐지 쓸쓸한 기분과 맞닿아 있다고 여겼다. 오키나와 전투에서 돌아왔을 때에도, 포로수용소에서 풀려났을 때에도, 월남에서 돌아와 환영해 주던 마을 사람들이 떠나간 후에도, 그리고 오늘처럼 지방 공연을 마치고 조용히 집의 마당에 앉아 있을 때에도 마당에 짙게 깔린 안온함은 간혹 쓸쓸함을 선사하곤 했다. 풍도 이제 생의 칠부 능선을 넘은지라, 젊을 때처럼 적적하고 묵직한 일상의 고통이 더 이상 어울리지 않는 옷 같지만은 않았다.

　—단풍이 참 울긋불긋하지요.
　풍처럼 눈가에 주름이 잡힌 밤이 빛나는 햇살을 받으며 물었다. 사실 밤은 풍보다 나이가 한 살 많았고 어린 시절에는 줄곧 반말을 했지만, 햇살이 좋은 날이면 가끔 존대를 하곤 했다. 그건 오랫동안 밤이 쓰디쓴 말로 상처를 주긴 했지만, 실은 자신의 내부 어딘가에 풍에게 존경한 자락을 품고 있기 때문이었다.
　풍은 밤에게 장단을 맞춰 존대를 하려다, 어색해질 것 같아 원래의 투로 말했다.

─사실, 우리 처음 만날 때 내가 잃어버린 편지에 이런 말을 썼어. 부끄럽네.

풍은 난데없이 30년 전의 일을 꺼내고선, 정말 부끄러운지 히죽히죽 웃었다.

밤은 풍과 자신 사이의 무수한 사연을 담담히 기다려 온 사람답게 가만히 풍의 얼굴을 보았다.

─세상에서 당신이 제일 예쁜 것 같아. 아무리 봐도 당신이 제일 예쁜 것 같아.

이 말이야. 별거 아니지? 유치하고, 멋지지도 않고. 근데, 이 말을 왜 못했을까. 그때엔 편지에도 썼는데 말이야.

히죽대는 풍의 얼굴을 보며 밤은 미소를 지어 보였다. 밤의 얼굴에 세월의 바퀴가 긁고 지나간 자국이 있었지만, 풍은 자신의 몸 구석구석에도 역사의 흔적이 남아 있어 오히려 그것이 반갑고, 한편으론 고맙게 느껴졌다.

풍과 밤은 간만에 햇볕에 우울함과 피곤함을 말리며 서로의 영혼을 위무해 주었다. 그런데, 이때 담벼락 너머로 낯선 사내들의 얼굴이 보였다. 짧은 머리의 남자가 담배 연기를 연신 피워 올리고 있었고, 점퍼를 입은 몇몇 남자들이 안쪽을 기웃거리며 쳐다봤다. 풍이 이들을 발견하자, 그중 한 사내가 문을 열며 물었다.

─이풍 씨?

─네. 제가 이풍입니다.

그러자 갑자기 두 사내가 풍의 양팔에 한 명씩 달라붙었다. 이것은 수사물에서 상당히 오랫동안 봐 오던 장면이었다. 그리고 문을 연 사내는 그 장면에서 빠짐없이 등장하는 바로 그 대사를 읊었다.

─저희와 함께 가 주셔야겠습니다!

*

─선생님은 대체 왜 이곳에 와 있는지 궁금하시겠지요?

이곳이라 일컬어진 곳은 남산이었는데, 죽은 김 부장이 한때 수장으로 있던 바로 그 공간이었다. 흔들리는 나트륨등 아래서 짧은 머리 사내는 담배 연기를 피워 올리며 물었다.

─네. 그렇습니다. 저는 정말 제가 왜 이곳에 있어야 하는지 모르겠습니다.

풍이 답하자, 짧은 머리는 연기를 한 모금 내뿜으며 말했다.

─하아. 그러시군요. 그럼 저랑 약속 하나 하실까요?

─뭡니까?

─간단합니다. 선생님이 제가 말하는 단어를 이 종이에 적어 주시면 제가 선생님이 이곳에 온 이유를 말씀드리는 겁니다. 단, 제가 말하는 단어를 이 종이에 적지 않으면 여기에 온 이유를 말씀드릴 수 없습니다.

─그…… 그 단어가 뭡니까?

─왜 이렇게 걱정하시나. 간단합니다. 한글 모릅니까?

─압니다.

─그럼 한번 적어 보세요. 필체나 보려는 거니까요.

이렇게 말하고선 남자는 차례대로 '김밥', '일본', '성공', '만두', '세상'을 적어 보라고 했다. 풍은 형사의 말대로 단어를 스케치북에 한 장씩 차례대로 적었다. 잠시 뒤 형사는 풍의 필체로 작성된 대형 플래카드를 하나 들고 왔는데, 거기에는 또렷하게 '김일성 만세'라고 적혀 있었다! 형사가 풍이 쓴 단어의 앞글자만 오려서 붙인 것이다. 이래서 오려 붙이기는 타인은 물론, 우리 사회와 인류 공동체에게 피해를 줄 수 있으니, 혹시 독자 중에 과제를 위해 오려 붙이기의 친척인 '복사해서 붙이기'라도 한 학생이 있다면 앞으로는 명심하고 자제하시길. 그나저나 풍은 플래카드를 보고 몸서리 칠 정도로 깜짝 놀랐다. 풍의 두

눈이 동그래지며 동공에 실핏줄까지 올라오자, 형사는 낯
빛을 싹 바꾸더니 풍에게 발길질을 날렸다.

— 어딜 꼬나봐! 이 빨갱이 새끼가!

상황을 직감한 풍은 사정하고 빌기 시작했다. 자신은
아무런 죄가 없으며, 필시 뭔가 오해가 있을 것이라고, 자
신은 선량한 시민일 뿐이라고 두 손 모아 빌었다. 그러자
형사는 풍에게 조소를 보냈다.

— 이 새끼, 이럴 줄 알았어. 시간이 돈인데 빨리 끝내
자, 아가야.

형사는 거짓말하는 아기들을 위해 자신도 모르는 진실
을 기억나게 해 주는 선생님이 있다고 했다. 그는 검은 수
화기를 들더니, "네. 불곰께서 오셔야겠습니다"라고 말했
다. 그 뒤부터 할아버지는 애써 담담하게 말하려 했으나,
그 눈가는 계속 불거진 채로 촉촉이 젖어 있었다. 나는 할
아버지가 겪은 끔찍한 일을 다 말하고 싶진 않다. 사실을
감추고 싶은 게 아니라, 때론 이야기에도 생략해야 할 장
면이 있다고 믿기 때문이다. 그럼에도 불구하고 풍의 역
사를 이해하기 위해 당신이 약간의 고통만 감수해 준다면
그 일부만 말하겠다. 지금부터 내가 전하는 말은 비록 빙

산의 일각이지만, 끔찍하게 들릴지도 모르겠다.

남산에 끌려간 직후부터 풍은 며칠이 지났는지 감조차 잡을 수 없을 정도로 잠을 자지 못했다. 짧은 머리를 비롯한 다섯 명의 남자가 교대로 심문하면서 24시간 감시를 했는데, 까딱 졸기라도 하면 여지없이 빨랫방망이나 주먹이 몸에 떨어졌다. 배설을 할 때 빼고는 언제나 의자에 묶여 있었는데, 잠시 누울 수 있게 해 주는 때가 있었다. 일명 '칠성판'이라 불리는 관의 바닥 부분 나무판이 있는데, 이 칠성판에 눕히면 몸을 묶고 얼굴에 수건을 뒤집어씌운 뒤 샤워기로 튼 물을 입에 부어 숨을 못 쉬게 했다. 배가 거짓말처럼 부풀어 오르면 어쩔 수 없이 똥을 쌌다. 그러면 불곰은 수사관들에게 차갑게 말했다.

— 애기 씻길 시간이다.

수사관들은 코를 막고 몸을 씻겼고, 풍은 이 순간이 수치스러워 한때 음식을 거부하기까지 했다. 풍은 자신이 왜 이곳에 잡혀 왔는지 도무지 이해할 수 없었는데, 며칠이 지나자 그제야 불곰이 어이없는 말을 쏟아 냈다.

— 자, 이제 자네가 이곳에 왜 왔는지 그 이유를 설명해 주지. 자네 뉴스는 보고 살지? 설마 모른다고 하진 않겠지. 버마에 터진 폭탄 말이야. 그래, 자네가 안 했다고 발뺌할 수도 있겠지. 하지만 말이야 사람이 스물한 명이나

죽었어. 하마터면 각하가 돌아가실 뻔했다고. 각하가 돌아가시면 어떻게 되겠어? 당연히 북한이 쳐들어오겠지. 그러면 좋을 놈들은? 물론, 빨갱이밖에 없지. 그러니까, 이 일을 꾸밀 놈들은 빨갱이밖에 없단 말이야. 안 그래, 빨갱이.

이 말에 풍은 의자에 몸이 묶인 채로, 자신은 절대 아니라고 바닥에서 뛰면서까지 절규했는데, 불곰은 풍이 절규하든 말든 짧은 머리에게 풍을 맡기고 나가 버렸다. 아마 풍이 제풀에 지칠 때까지 내버려 두려는 것 같았다.

그런 뒤 다음 날 돌아온 불곰은 "오늘은 이것부터 시작하지"라고 하더니, 팔을 잡고선 툭, 하고 관절을 뽑아 버렸다. 풍이 바닥에 쓰러져 극심한 고통에 빠져 있으면 불곰은 그제야 또 어제 한 말을 이었다.

─자, 똑똑히 봐 둬. 이 글씨 말이야. 분명 네 글씨야. 네가 김일성을 찬양하는 문구를 적었다고. 이러고도 네가 간첩이 아니야? 물론 아니라고 발뺌할 수도 있겠지. 하지만 소용없어. 우리는 무수한 증거를 가지고 있거든. 자네 6·25 때 인민군복을 입고 사람을 참 많이도 죽였더군. 난 말이야, 너 같은 빨갱이를 아직까지 살려 둔 이 나라가 너무 신기해. 민주주의도 좋고, 자유주의도 좋은데 어째

서 너 같은 버러지까지 살려 두는 게 민주주의인지는 모르겠어. 자네 옆구리에 총알 자국 있지? 군의관이 그러더군. 웬만한 소총으로는 날 수 없는 자국이라고. 뒤쪽에서 쏜 것 같다고 하던데…. 도대체 무슨 비밀스러운 일을 하셨기에 누가 등 뒤에서 권총을 쐈을까. 위대한 수령 동지를 위해 간첩질하면서 딴따라로 위장한 걸 생각하니 내가 다 눈물이 나오려고 하네. 빨갱이 아니랄까 봐 딴따라질하면서도 죄다 금지곡만 불렀더구먼. 「그때 그 사람」, 「거짓말이야」. 나는 「거짓말이야」를 부르는 너희 아가리에서 나온 말이 거짓말이라고 생각해. 왜? 뜨끔해? 울지 마. 그래, 눈물이 나겠지. 대남 공작하면서 멀리 버마의 폭탄 테러 지시하랴, 딴따라질하면서 대중 선동하랴, 얼마나 노곤했겠어. 너 같은 놈은 울어야 해. 울면서 참회를 해야 해. 지 동생하고 아들내미한테도 대마초 물려 가면서, 국가를 흐리게 하는 놈인데!

풍은 눈앞이 흐려졌다. 아득하게 조명이 흔들렸고, 땀과 눈물이 취조실 바닥에 떨어졌고, 둔중한 느낌의 몽둥이로 머리가 무거웠다. 이대로 죽을지 모르겠다는 생각도 들었다. 이들은 풍이 간첩이 아니라는 사실은 몰랐지만, 오 중사와 구가 대마까지 피운 사실은 귀신처럼 알고 있었다. 어쩌면 이들은 풍이 간첩이 아니란 사실을 알고 싶지 않았는지도 모르겠다. 사건은 있으나 범인이 없었으므로 누구라도 필요했는지 모르겠다. 이들은 이미 풍이 배후범이라고 각본을 짜 놓은 터였고, 그 뒤로는 철저히 자기들이 알고 싶은 것만 알아냈다. 당하는 것은 풍만이 아니었다. 불곰은 풍의 옆방에 구를 가둬 놓았고, 구타로 상처 난 구의 몸에 볼펜 심을 쿡쿡 찔렀다. 요도에 볼펜 심을 삽입하기도 했다. 그 옆방의 오 중사는 13년 만에 선글라스도 못 낀 채 몸에 괴상한 전선을 꽂은 채 과연 이것이 무엇인지 공포 속에서 바들바들 떨어야 했다.

어째서 이런 일이 가능했던 것일까. 우리는 이쯤에서 잊었던 한 명을 떠올려야 한다. 그렇다, 생의 유일한 존재의 이유였던 레종 데트르, 즉 마성을 거세당해야 했던 인물, 바로 앞잡이 말이다. 앞잡이는 월남에서 풍과 구 부자에게 잊지 못할 평생의 상처를 입은 뒤, 절치부심, 와신상담하는 심정으로 병원에서 도망쳤다. 그 옛날 자신을 죽음의 수렁에서 건져 낸 것이 스스로 불태운 복수심이었듯, 이번에도 수렁에 빠진 자신을 복수심으로 건져 냈다. 물론, 다시 한 번 복수의 칼날을 갈게 만든 것은 풍이었고, 자신에게 공격을 가했던 구 역시 그 복수의 대상이었지만, 이번엔 추가된 자가 한 명 있었다. 그는 바로 한때 자신의 심복이었으며, 영혼이라도 팔겠다며 온갖 감언이설을 쉬지 않고 떠들어 댔으며, 앞잡이의 복수를 완성하기 위해 중도에서부터 짜인 각본대로 연기를 하며 결국은 월남에까지 복수의 제물을 데리고 왔던 바로 오 중사였다. 앞잡이는 마성(馬性)이 사라져 바람이 불어오면 바지 앞섶이 식민지의 국기처럼 처량하게 펄럭였지만, 이 수치의 나날을 오로지 복수의 일념으로 버텨 왔다. 그리고 오 중사와 구가 여인숙 방에서 크라운 맥주를 마시며 뉴스를 보던 날, 청계천 다리 밑의 거지 소굴에서 바람에 날려 온 신문지 조각을 보았다.

아웅산 테러 발생! 사망자 21명. 북한 소행으로 추정

앞잡이의 머릿속에 순간, 퐁과 오 중사가 인민군복을 입었던 시절이 떠올랐다. 거제 포로수용소에 북한군 포로로 수감되었던 일이 떠올랐고, 월남으로 마약 가방을 가지고 들어왔던 일도 떠올랐다. 민간인으로서는 도저히 경험할 수 없는 이 일들을 배후에 비호 세력이 없다 하면 어떻게 설명할 것인가! 앞잡이는 마치 마성을 회복한 듯, 이열의 미소를 지었다.

비록 거지 소굴의 앵벌이에 불과했지만, 그날 앞잡이는 자신이 구걸한 동전을 공중전화기에 넣어 거지답지 않게 간첩 신고를 했다. 앞잡이의 투철한 신고 정신과 안보 의식을 가장한 복수심으로 인하여, 결국 짧은 머리의 사내 일행이 풍을 남산까지 끌고 오게 된 것이다.

남산의 시간은 참혹할 정도로 더디게 흘러갔다. 천장에 매달린 노란 나트륨 전등이 항상 켜져 있었기에 풍은 언제가 낮이고 언제가 밤인지 분간할 수 없었다. 고문실에는 창도 없었기에 바깥의 계절이 어떻게 흘러가는지조차 알 수 없었다. 잠을 재우지 않았기에 고문하는 형사들이 졸 때에만 겨우 눈을 붙이곤 했다. 그 시간은 언제나 찰나로 느껴졌지만, 눈을 뜨고 있는 시간은 항상 몇 년처럼 느껴졌다. 부끄러운 일이지만 풍은 인간으로서 고통을 감내하기 너무 벅차 생을 포기하고 싶다는 생각을 몇 차례 했다. 그러나 그를 살게 만든 것이 밤이었듯, 구와 옥과 내가 다시 그를 살게 했다. 이런 과정을 몇 번이나 반복하다 더 이상은 도저히 버틸 수 없다고 처참하게 판단한 날, 처음으로 자신을 가두었던 방의 문이 활짝 열렸다.

2개월의 고문이 끝난 뒤에 마치 아무 일도 없었다는 듯

풍은 허망하게 풀려났다. 미얀마 정부가 테러범을 잡아
사형 선고를 확정했다고 발표한 것이다. 테러범들은 미얀
마에 있었다. 형사는 풍을 풀어 주면서 과거에 검은 양복
이 그랬던 것처럼 경고를 잊지 않았다. 풍이 정부를 고소
할 경우, 취조 과정에서 드러난 월남으로의 밀입국과 마
약 운반, 그리고 오 중사와 구의 대마초 흡연으로 인한 마
약법 위반 등으로 얼마든지 죄목을 엮어 풍까지 수감할
수 있다고 했다. 사실, 짧은 머리가 이 말을 내뱉기도 전
에 풍은 모든 걸 예상했었다. 단지 귀로 자신이 예상한 바
를 확인할 뿐이었다.

풍이 풀려난 그날 남산 자락을 타고 어디선가 쓸쓸한
바람이 불어왔다. 풍은 그 바람을 맞자 왠지 오랜 시간 자
신이 함께해 온 것은 음악이었으며, 자신의 기분을 담아
노랫말 하나쯤 쓰고 싶단 생각이 들었다. 그것은 체념도
아니었고, 절망도 아니었다. 그렇다고 희망을 부여잡으려
는 노력도 아니었다. 단지 자신이 이렇게 살아왔다는 것
을 스스로에게 위로하듯 건네고픈 한 자락의 마음, 그뿐
이었다. 풍은 나지막이 읊조렸다.

―어제 내가 찾은 것은 무엇일까. 잃은 것은 무엇일까.
버린 것은 무엇일까.

오늘 내가 찾은 것은 무엇일까. 잃은 것은 무엇일까. 남은 것은 무엇일까.

생각해 보니 그는 잃은 것도 버린 것도 없었다.
그에게는 또 하나 새로운 이야기가 생겼을 뿐이었다.

*

온 국민의 촉각을 곤두세우던 테러범이 미얀마에서 잡히고, 사형을 당할 예정이란 뉴스가 퍼지자, 사람들은 곧 아무 일 없었다는 듯 다시 야구와 영화 그리고 사창가로 눈길과 발길을 돌렸다. 세상 삼킬 듯이 내린 비는 다시 하늘로 증발하고, 세상을 얼릴 듯이 내린 눈은 하수가 되고, 혁명에 동참할 법한 사람들은 결국 나타나지 않기 마련이다. 풍은 받아들였다.

구와 오 중사는 대마초를 피운 사실 때문에, 1년간의 징역을 마치고 나왔다. 구와 오 중사가 출소하던 날, 풍은 두부를 사 들고 이들을 기다렸다. 오 중사는 여전히 형님 볼 면목이 없다며 렌즈가 다 깨진 선글라스를 끼고 나왔다. 깨진 선글라스 위로 구겨진 햇살이 그어졌고, 구겨진 오 중사의 얼굴은 땅을 내려다보고 있었다. 구 역시 알고 피웠건 모르고 피웠건 간에 아버지께 걱정을 끼쳐 드려 죄송하다며 두부를 우걱우걱 씹어 먹었다. 이때 나는 여덟 살이었는데 아버지는 내게 이렇게 말했다.

—언아, 많이 보고 싶었지? 살다 보면, 보고 싶어도 볼 수 없는 날도 있는 거란다. 그럴 땐 우리가 함께 겪었던 이야기를 하나둘씩 떠올려 보는 거야. 그럼 좋았던 일도, 슬펐던 일도, 기뻤던 일도, 미웠던 일도, 모두 추억이 된단다. 눈을 감으면 이야기가 별이 되어 깜깜한 세상에서 반짝거리는 거야. 알았지?

나는 고개를 힘차게 끄덕였다. 고작 여덟 살밖에 안 된 내가 어떻게 이 말을 다 기억하느냐고? 여기서 하나 상기해 드리자면, 나는 세상에서 경험해 보지 못한 것이 없으며, 세상에서 돌파해 내지 않은 난관이 없으며, 세상에서 사랑하지 않은 것이 없는 사람의 손자라는 것을 말하고 싶다. 그리고 그 아들이 아버지의 삶을 이어서 썼듯, 나도 그의 삶을 이어서 쓰고 있다. 그렇기에 사람들은 우리를 허풍, 허구, 허언 3대라 부르지만, 아무래도 좋다. 나는 또렷이 기억하고 있다.

나는 어느 날 할아버지로부터 이 긴 이야기를 모두 듣게 되었는데, 그때 도저히 견딜 수 없어 물어보았다.

—그런데, 할아버지는 왜 용서만 하고 싸우지는 않으셨어요?

그날 할아버지는 내게 이렇게 말했다.

—아니다. 나도 싸운단다. 나는 너를 통해 싸우고 있단다.

나는 이 말의 뜻을 이해하지 못했다. 깨닫게 된 것은 한참 후였다. 다시 한 번 말하자면, 대저 훌륭한 이야기에는 떡밥이 군데군데 깔리는 법이다. 이번에도 기다려 주시길.

풍은 남산에 끌려갔다 온 뒤로 후유증을 앓아야 했다. 허리를 잘 펼 수 없었고, 무릎이 뻑뻑했다. 물을 보면 공포를 느꼈고, 노란 나트륨등을 보면 시야가 흐려지면서 덜컥 겁이 났다. 설상가상으로, 김 부장이 당긴 방아쇠의 상흔은 시간이 지날수록 통증으로 다가왔다. 이 때문에 풍은 밴드 마스터를 접고 한동안 쉬면서 지낼 수밖에 없었다. 오 중사와 구 역시 오랜 고문과 징역 끝에 집으로 돌아와 몸을 추스르고 있었다.

이즈음, 밴드 생활을 하며 알게 된 여동생 한 명이 찾아왔다. 그 여동생은 주로 작사를 하는 친구였다. 이날 풍과 구, 그리고 오 중사와 밤과 옥은 모두 한자리에 모여 간만에 소주잔을 입에 털어 넣었다. 중도의 밤이 깊어 갔고 상현달은 보름달로 가득 차 가고 있었다. 이들이 겪어 온 시련도 가득 찼고, 잔도 가득 차니, 풍은 왠지 평소답지 않게 감상에 젖어 자신이 남산에서 풀려나고 난 후의 노랫말을 읊조렸다. 그런데, 함께한 여동생이 대뜸 물었다.

─오빠, 이 노래 제가 써도 돼요?

풍은 이때 이미 아무런 욕심과 미련도 없어서, 소주를 한 잔 털어 넣으며 말했다.

─그러려무나. 예전에 바람처럼 떠돌아다닐 땐 몰랐는데, 몸이 성치 않아 이렇게 멈추니 비로소 보이는 것이 있더구나. 내가 남기는 것도 결국 내 것은 아니야.

─아이 참, 오빠도. 무슨 말씀을 그렇게 해요, 오빠는 오래오래 살면서 훌륭한 것 많이 남기고, 다시 음악 생활 왕성하게 해야죠, 후배들도 키우고 어른으로 자리도 잡고, 그래야 한국 음악계가 발전하고, 대중문화계가 발전하고, 우리의 문화도 좀 나아지는 것 아니겠어요?
라고 하더니, 말미에 이렇게 살짝 물었다.

─그럼, 기왕 쓰는 거 조금 바꿔도 되죠?

물론, 풍은 좋을 대로 하라고 했다. 여동생은 원래 '나'
라고 써진 부분을 '우리'로 살짝 바꾸었다. 그 가사의 일
부는 이렇다.

여기 길 떠나는 저기 방황하는 사람아
우린 모두 같이 떠나가고 있구나
끝없이 시작된 방랑 속에서
어제도 오늘도 나는 울었네

어제 우리가 찾은 것은 무엇인가
잃은 것은 무엇인가 버린 것은 무엇인가
오늘 우리가 찾은 것은 무엇인가
잃은 것은 무엇인가 남은 것은 무엇인가

끝없이 시작된 방랑 속에서
어제도 오늘도 나는 울었네
어제 우리가 찾은 것은 무엇인가
잃은 것은 무엇인가 버린 것은 무엇인가
오늘 우리가 찾은 것은 무엇인가
잃은 것은 무엇인가 남은 것은 무엇인가

이 노래는 훗날 한 가수에 의해 불렸는데, 이 가수는 내가 이 글을 쓰고 있는 지금까지도 가왕으로 불리며 왕성한 활동을 하고 있다. 그는 아직도 나의 아버지 구가 그랬던 것처럼 기타를 치면서 노래를 한다. 풍처럼 자신의 역사를 전설로 써 내려가고 있는데, 그의 노래를 들으면 가끔씩 내 심장이 '바운스 바운스' 하며 소리 내어 뛰는 것 같다. 정말 최고의 가수라 생각한다. 나도 내 '심장이 두근두근, 바운스 돼' 그에게 들릴까 봐 겁이 난다. 쓰고 나니 왠지 부끄럽다. 히히.

5부

1

이번엔 나의 아버지, 구의 이야기로 시작하겠다.
　물론, 풍이 우리의 주인공인 만큼 이야기의 마지막은
풍이 장식한다.

　시곗바늘을 1년 전으로 돌려 잠시 구와 오 중사가 석
방되던 날로 돌아가 보자. 이날 오 중사는 풍을 볼 면목이
없다며 철문이 열렸을 때 고개를 떨어뜨리며 나타났다.
한쪽 선글라스 렌즈는 깨져 있고, 예의 구릿빛 피부는 빛
을 못 봐 밀가루처럼 허옇게 되어 있는 게 '아니, 이 사람

이 오 중사가 맞나' 싶을 정도였다. 풍은 그만 마음이 약해져 괜찮다며 두부를 건넸다. 오 중사 역시 그 한마디에 마음이 놓였는지 분위기에 맞지 않게 쓸데없이 사자성어를 늘어놓았다.

—아이고, 형님. 제가 성님께 입은 불망지은, 결초보은 할 때까지 분골쇄신하며 각골난망하겠습니다.

간단히 말하자면, '똑바로 하겠다!'는 것이었다. 그러고선 오 중사는 이내 두부를 목이 막히도록 단번에 입안에 털어 넣으며 석방의 감회를 털어놓았는데, 요약하자면 이렇다.

—오 마이 갓! 세상이 이렇게 변했구나! 일 년 열두 달 삼백육십오 일이 짧다면 짧겠지만, 내 바깥세상 보고 싶었던 시간이 팔천칠백육십 시간이요, 분으로는 오십이만 오천육백 분이요, 초로는 삼천백오십삼만 육천 초이었으니, 갇혀 있던 이 몸 일 분이 일 년 같았으니 내 폐는 오십이만 오천육백 년 만에 바깥 공기로 숨 쉬는구나!

오 중사가 어디서 주산·부기를 배웠는지는 알 수 없다. 그는 이렇게 덧붙였다.

—일 년 내내 나올 날만 기다렸더니, 이젠 뭘 해야 될지 모르겠네.

자, 이제 조명은 오 중사에서 구로 옮겨진다. 구는 오 중사와 달리 무엇을 할지 알고 있었다. 감옥에서 나온 그의 손에는 수험서가 들려 있었다. 그 책은 전부 옥중에 있는 아들을 위해 밤이 사다 준 것이었다. 밤은 한평생 자신의 남편이 배우지 못한 것은 물론, 아들이 배우지 못한 것에 한이 맺혀 있었는데, 이는 기실 이 나라 웬만한 어머니들이 공통적으로 가지고 있는 정서였다.

어머니가 첫 면회를 온 날, 구는 그간 쌓였던 외로움과 절망, 그리움이 한데 몰려와 눈물이 쏟아질 것 같았다. 그러나 밤은 작심했다는 듯 차분하게 말했다.

— 잘됐다. 신이 주신 기회라 생각하고, 이참에 준비하거라. 지금이라도 늦지 않았다.

이리하여 구는 서른넷이라는 나이에 수험서를 펼쳐 들었는데, 아, 콩밥이 두뇌 활동의 촉진에 좋은지, 아니면 적막하고 갇힌 공간이 고시원 같았는지 구의 학습 능률은 하늘로 치솟았다. 구는 책장을 술술 넘기며 말했다.

— 거. 이것도 이야기구먼.

구는 아비로부터 커다란 체격과 외형만 물려받은 것이 아니라, 이야기꾼으로서의 소질 역시 함께 받은지라 그에게는 모든 논리와 이치가 이야기로 이해됐다. 앞뒤 흐름과 좌우 아귀만 맞아떨어지면, 그것은 하나의 이야기였다. 그리하여, 국사는 한국 인물의 이야기, 세계사는 세계 인물과 사건의 이야기, 지리는 땅과 강의 이야기, 물리는 입자의 이야기, 생물은 동물과 식물의 이야기, 정치·경제는 말 그대로 세상 이야기로 받아들였다. 그는 감옥에서 나온 날 이런 말을 했다.

— 어머니, 공부가 가장 쉬웠어요!

허나 사실 그가 학업에 이렇게 열을 올렸던 이유는 바로 대학가요제 때문이었다. 이미 밤무대 밴드 생활을 하면서, 구가 품었던 유일한 선망은 바로 이 대사였다.

— 자, 다음 무대는 대학가요제 대상에 빛나는 ○○입니다. 박수로 맞이해 주십시오!

오 중사가 언제나 레이디스 앤 젠틀맨으로 화두를 던질 때마다, 구는 참으로 구차하다고 생각했다. 구는 대학가요제에 출전하겠다는 선망을 품은 채 학업에 열을 올렸으나, 이미 그해 입시는 모두 끝나 버린 터였다. 그리하여 이듬해인 1985년에 학력고사를 치르고, 구는 서른일곱 살에 86학번 신입생이 됐다. 구가 대학에 입학하자, 가족들은 모두 이참에 서울로 이사를 했다. 이미 아내와 아들까지 있는 몸이 자취방을 얻어 떨어져 살 수도 없는 노릇이고, 그렇다고 구의 가족만 따로 살기는 적적하기도 하고,

아픈 풍을 두고 갈 수도 없어 아예 이사를 하기로 한 것이다. 풍의 가족이 중도를 떠나는 날, 중도의 모든 어른과 아이들이 마을 어귀까지 나와서 손을 흔들어 주었다. 이때 이미 김천지는 저세상 사람이 되어 있었고, 과부 정씨는 꼬부랑 할머니가 되어 풍을 배웅해 주었다. 여섯 살 때 풍에게 시집을 가겠다고 울었던 금순이 역시 이제는 중년의 여인이 되어 풍을 새로운 세상으로 환송해 주었다.

구가 대학 생활을 시작하자 가장 적적해진 이는 오 중사였다. 그도 그럴 게 풍은 이미 고문 후유증과 때때로 찾아오는 총상의 고통으로 요양 중이었고, 밤과 옥은 기나긴 생의 파도들을 넘긴 뒤 마침내 한자리에 모인 온 가족을 위해 살림살이를 하느라 여념이 없었다. 이렇듯 각자의 사연 속으로 들어간 밴드는 유야무야 휴식기에 접어들었다. 중도에서처럼 도리짓고땡을 칠 수도 없었던 오 중사는 고민 끝에 구를 따라다니기로 했다. 이번에도 오 중사는 새로운 별명을 얻고야 마는데, 비록 학생도 아니고 교수도 아니었지만 캠퍼스로 출석하는 횟수만큼은 날라리 대학생보다 더 많았으니, 구의 동기들은 그를 '오 교수'라 불렀다.

구는 입학하자마자 학생들을 구슬러 밴드를 결성했는

데, 보컬을 하겠다고 한 녀석이 찾아왔을 때 꽤나 놀랐다.

— 오중상이라 합니다.

중상이는 얼핏 보더라도 오 중사와 몹시 닮았었다. 게다가 어릴 때 한약을 잘못 먹은 탓에 상당히 늙수그레해서, 오 중사와 형제처럼 보였다. 이 때문인지 보컬을 하겠다고 찾아온 중상에게 오 중사는 친히 베이스를 가르쳐 주었다. 과연 당대 최고의 베이스 주자에게 사사해서 그런지 중상이의 연주 실력은 곧 기성 연주자를 따라잡았다. 구는 일 년간 합주로 실력을 다진 후, 이듬해 대학가요제에 나가기로 마음먹었다. 중상이 베이스를 연주하면서 노래까지 해야 한다는 부담이 있었지만, 타고난 박자감각과 가창력, 게다가 오 중사의 섬세한 코칭까지 곁들어지면 별문제가 될 것 같진 않았다. 그러나 언제나 그렇듯, 문제는 다른 곳에서 터졌다.

*

해가 바뀌어 드디어 대학가요제에 출전할 생각을 하고 있었는데, 학교에서 난리가 났다. 구가 속해 있는 언어학과의 학생회장이 경찰에 잡혀갔다는 것이었다. 당시 학생회장은 83학번으로 구보다는 선배였지만, 열네 살이나 어린 친구였다.

―종철이 형이 잡혀갔대요.

중상이는 새벽부터 전화를 해서 난리를 피웠다. 사실 당시에는 잡혀가는 학생들이 워낙 많았던지라 담담하게 받아들이는 이들도 있었다. 그러나 구는 자신이 끌려갔던 남영동의 기억이 떠올라, 심상치 않은 기분이 들었다. 아니나 다를까 다음 날 신문에 기사가 났는데, 고작 2단 기사였지만 거기엔 분명히 써져 있었다.

경찰에서 조사받던 대학생 쇼크사.

사실 학생회장에게 수배가 내려진 것도 아니었다. 경찰이 원래 잡으려 했던 사람은 학생회장의 선배였다. 그 선배의 행방을 알기 위해 학생회장까지 불법 체포한 것이었다. 훗날 밝혀진 바에 의하면, 경찰은 학생회장에게 선배의 행방을 물었으나, 학생회장은 순순히 대답하지 않았다고 한다. 경찰은 학생에게 심문을 가했고, 다음 날 신문에 이 짧은 기사가 난 것이다. 구는 남산에서의 끔찍한 기억이 떠올라 학생회장의 죽음이 자신의 일처럼 가혹하고 슬프게 느껴졌다. 그런데, 다음 날 경찰의 공식 발표는 어이없을 정도로 황당했다. 심문을 하기 위해 탁자를 "탁 하

고 치니까, 갑자기 학생이 억 하고 쓰러졌다"는 것이었
다. 곧장 병원으로 후송했는데, 사망해 버려 자신들도 어
쩔 수 없었다고 발표했다. 지병이나 심장병도 없는 사람
이 어떻게 탁자를 쳤는데 죽어 버릴 수 있단 말인가. 구는
영혼을 한 대 탁, 맞은 느낌이었다. 입에서는 억, 소리마저
나오지 않았다. 남영동의 그 컴컴한 취조실에 끌려가 갖은
고문을 당해 본 그였기에, 도저히 발표를 믿을 수 없었다.

구는 난생처음으로 데모대에 합류하여 진실 규명을 외
쳤다. 참혹한 경험을 하기는 마찬가지였던 오 중사 역시
시위대에 합류했다. 그는 더 이상 월남에서 돈 가방을 들
고 '우리의 목적은 이 돈입니다!'라고 외치던 사람이 아
니었다. 구는 어쩌면 또 경찰에게 잡혀갈지도 모르는데,
괜찮겠느냐고 물었다. 그러자 오 중사는 언젠가 풍에게
했던 말로 대답을 대신했다.

— 인간은 자신이 어디로 가고 있는지, 자신이 무엇을
하고 있는지 모를 때 불안하지만, 사실 그때가 가장 인간
다운 거란다.

구와 오 중사는 마치 월남에서 가장 선두에 나서 "전쟁

254

을 중단하라"고 외쳤던 학생들처럼 시위대의 맨 앞에 나섰다. 수만 명의 성난 학생들과 시민들이 오 중사와 구, 이 둘과 함께해 주었다. 구와 오 중사가 머리에 띠를 매고 걸어 나왔고, 구름 같은 군중들이 함께 걸어 나왔다. 어디선가 불어온 바람이 구의 머리에 둘러진 띠를 펄럭이게 했다. 구는 외쳤다.

― 군사정권 물러가라! 민주주의 실현하자!

이에 정의와 진실을 원하는 수만 개의 목청이 거리를 힘껏 울렸다. 오 중사의 등 뒤로 진실과 자유를 원하는 이들의 갈증이 뜨겁게 타오르고 있었다. 비록 허공은 대답이 없었지만, 구와 오 중사는 개의치 않고 목의 핏줄이 터질 듯 외쳤다. 중상도 이들과 함께 행진하며 하늘을 향해 주먹을 찔렀다. 광화문으로 향하는 이들의 발걸음은 잠자는 세상을 깨웠고, 대지를 울렸고, 허공을 흔들었다. 비록 당장 세상이 바뀌지 않더라도, 비록 자신이 다시 희생양이 될지 모르더라도, 이들의 행동은 건너지 않고서는 다음 생으로 나아갈 수 없는 다리와 같았다. 그것은 겪어 본 자만이 낼 수 있는 목소리였고, 겪어 본 자라면 외면할 수 없는 현실이었고, 동시에 겪어 본 자의 그 고통을 오롯이 절감한 이가 애타게 외치는 공감이었다. 그러나 시위대의 얼굴과 어깨는 결국 월남에서의 학생들처럼 곤봉과 방패에 맞고, 깨지고, 부서져야 했다. 허공은 대답 대신 최루탄을 실어 왔다. 거리에는 다시 한 번 눈물과 땀, 그리고 핏방울이 떨어졌다. 구가 외친 자유와 진실은 저 멀리 다른 나라의 전유물처럼 아득하기만 했다.

한데 다음 날 이들의 외침에 세상이 흔들렸는지, 아니면 신이 이들의 호소에 답했는지, 작은 변화들이 일어나기 시작했다. 먼저, 학생회장을 부검했던 의사가 "사건 현장에 갔을 때 물이 흥건한 걸 목격했다"며 고문에 의한 사망 가능성을 제기했다. 그리고 다른 의사들도 사체의 온몸에 피멍이 들어 있었고, 엄지와 검지 사이에 출혈 흔적이 있었으며, 사타구니, 폐 등이 훼손되어 있었다고 했다. 복부는 부풀어 있었으며 거품 소리까지 들렸다고 했다. 구는 전율했다. 진실의 증언에 전율했음과 동시에, 자신이 당한 것과 너무 똑같은 수법이었기 때문이었다. 볼펜 심을 요도에 넣기 전 가했던 구타, 손가락을 벌려서 상처를 내고 볼펜을 찌르던 기억, 칠성판 위에 눕혀 놓고 수건으로 입을 막고 샤워기로 계속 물을 밀어 넣었던 기억. 불곰이었다! 구는 불곰과 짧은 머리 일당이 틀림없다고 확신했다.

그러나 경찰은 또 사건을 조작하려 했다. 더 이상 고문 사실을 숨길 수 없게 된 당국은 과잉 충성한 수사관 두 명이 학생회장을 물고문하여 살해한 것이라고 발표했다. 아니나 다를까, 두 명의 수사관으로 지목된 인물은 구를 고문했던 바로 그 수사관들이었다. 구는 확신했다. 풍과 자신을 고문했던 그들이 바로 학생회장을 죽게 한 자들이란 것을. 그리고 한 가지 사실을 떠올렸다. 이들은 5인조로 움직인다는 것을. 풍을 24시간 교대로 감시하며 잠 못 자게 했을 때, 이들은 항상 5인조로 근무했다. 그들은 구와 오 중사에게 고문을 가했고, 그중 두 명이 지금 체포돼 있다. 고문을 하는 기술자는 분명 불곰이었지만, 체포와 감시, 조서 작성과 일반적 심문은 짧은 머리를 포함한 그 다섯 명이 주도했다. 게다가 체포되었다고 발표된 자들 중에 짧은 머리는 빠져 있었다. 구는 사건이 이대로 축소되고 은폐되어서는 안 된다고 생각했다.

직접 발로 뛰어야 했다. 구는 자신이 만날 수 있는 영향력 있는 모든 사람을 만나서 이야기하고, 다시 거리로 나가 외치고, 시위를 벌이고, 주장을 했으나, 세상은 무심히도 경찰의 각본대로 흘러갔다. 구는 무려 넉 달에 걸쳐 이 외로운 싸움을 감당했다. 신문사와 방송국에 편지를 보내는 것은 물론이고, 답답한 마음에 미군 클럽 무대에 함께 섰던 가수와 그 매니저까지도 찾아갔다. 그러나 어느 누구도 감히 구와 함께 나서지 못했다. 구는 지칠 대로 지쳐 마지막이라는 심정으로 민주화 운동을 하는 한 신부를 찾아갔다. 그는 정의구현사제단 소속의 신부였다. 구는 그 앞에서 장장 세 시간에 걸쳐 자신이 끌려갔던 경험, 그들의 수법, 그로 인한 상처와 고통, 이들의 은폐 방법 등에 대해 이야기했다. 신부는 고개를 끄덕이며, 구를 바라보았다. 그의 눈동자가 구의 눈동자와 같았다. 신부는 과감하게 5·18 7주기 추모 미사에서 경찰의 은폐 조작에 대해 입을 열었다. 그 누구를 만나도 전해지지 않았던 이야기가 신부의 입을 통해 나가자, 순식간에 세상이 들끓었다. 기자와 교수, 시민 단체 등 민주화 운동을 하는 모든 인사가 한자리에 모였기에, 사제의 주장은 확실히 파급력을 발휘했다. 이로 인해 세상이 다시 움직였고, 수사가 재개됐다. 그 결과 치안본부 차장의 주도 아래 총 다섯 명이 가담한 고문 치사 사건이라는 사실이 밝혀졌다. 총대를 멘 두 명에게는 거액의 돈을 주었다는 사실도 새로이 밝혀졌다.

물론, 그 다섯 명 중에는 짧은 머리도 포함되어 있었다. 다른 한 명도 익숙한 얼굴이었다. 나머지 한 명도 익숙한 얼굴이었다. 그런데, 그 나머지 한 명은 익숙하긴 하지만 남영동에서는 보지 못한 인물이었다. 추가로 체포된 세 명 중 마지막 인물의 눈 밑에는 둥근 칼자국이 있었다. 그의 바지 앞섶 역시 바람이 불자 펄럭였다. 그는 바로 앞잡이였다!

그나저나, 앞잡이가 어찌하여 여기에 있는가. 앞잡이가 마지막으로 등장했을 때, 그는 노숙자로 지내며 구걸한 동전을 공중전화기에 넣어 경찰에 신고를 했었다. 그런데 앞잡이는 그 밀고를 하는 순간, 몸에서 이상한 전류가 흐름을 느꼈다. 그것은 예전 자신에게 마성(馬性)이 있을 때 느낄 수 있었던 강한 발기의 기분이었다. 이제 완벽한 고자가 되어 발기 따위는 꿈조차 꿀 수 없는 그에게 이 짜릿한 흥분과 감동, 떨림은 새로운 경험이었다. 누군가를 일러바친다는 불안감과 떨림, 그것은 마치 가난한 소년이 빵집에서 빵을 훔칠 때 느낄 수 있는 두려움 속의 흥분이었다. 동시에 어딘가 익숙한 안온감도 느껴졌는데, 생각해 보니 그건 바로 우치다에게 "대동아제국에 투신할 군사들이 많다"며 거짓말을 늘어놓을 때 느꼈던 그 감정이었다. 그리하여 앞잡이는 프락치로 한동안 살아갔다. 그때마다 보안과 형사들은 앞잡이에게 용돈을 찔러 줌은 물론이거니와, 간혹 현장에 데려가기도 했고, 학생이나 민주화 인사들을 잡을 때 손이 부족하면 앞잡이에게 '뛰어!'라고 외쳐, 엉겁결에 운동가들을 잡기도 했다. 이에 형사들 사이에서 앞잡이는 민간인이면서도, 준보안과 형사로 통할 정도가 되었다. 그도 그럴 것이 아무리 앞잡이가 풍에게 비참하게 당하긴 했어도, 한때 인간 이리 떼의 두목이었으며, 눈치가 빠르며, 자신이 알아챈 모든 정보를 아무런 양심의 거리낌 없이 넘길 수 있는 적임자였으며, 동시에 풍으로 인해 도망 다니는 데는 이골이 난지라 뜀박질 하나는 끝내줬던 것이다. 이리하여 앞잡이를 알게 된 짧은 머리는 어느 날 이렇게 말했다.

— 자네, 국가를 위해 일할 생각 없나.

물론 이 말은 아주 오래전에 이미 언급된 바 있는 대사, 즉 앞잡이가 대구의 초등학교에 징집된 소년병과, 도망갈 곳 없는 이리 떼들에게 국군에 투신하자며 던졌던 그 말이 긴 세월의 바다를 떠돌다가 결국 자신에게 돌아온 것이다. 그러나 생의 가장 비참한 바닥까지 추락한 바 있는 앞잡이는 더 이상 찬밥 더운밥 가릴 처지가 아니었다. 적성에 맞는 것 같기도 하고, 짧은 머리가 시험 문제까지 빼돌려서 주었기에 앞잡이는 망설이지 않았다. 그때, 앞잡이는 이미 국가를 위해 이 한 몸 바친 적이 있으며, 그렇기에 그것이 결코 낯설지 않다며 이렇게 물었다.

― 군 경력도 인정해 줍니까?

여하튼, 신체검사 때 의사가 경악한 사실을 제외하고는 앞잡이는 아무런 문제없이 보안과 형사가 되어 남영동 대공분실로 투입되었다. 마침 늙은 형사 한 명이 퇴직할 때가 되어 그는 짧은 머리 5인조의 새로운 멤버가 되었다. 당연한 말이지만, 학생회장을 죽음으로 몬 그 다섯 명 중의 한 명이 앞잡이였음은 두말할 나위 없다. 이로 인해 오랜 세월에 걸쳐 일제와 암흑가, 그리고 국가권력에까지 기생하며 갖가지 악행을 저질렀던 앞잡이는 마침내 심판을 받게 된다. 단, 한 가지 애석한 점은 이 다섯 명이 '공식적인 한 조'였다는 것이다. 즉, 불곰은 잡히지 않았다. 그는 어디선가 또 누군가에게 이런 말을 할지도 모른다.

― 애기 씻길 시간이다.

비록 불곰은 잡히지 않았지만, 최종적으로 이 사건에 '안기부, 법무부, 내무부, 검찰, 청와대 비서실 및 관계 기관의 대책 회의에서 고문 치사의 은폐 조작에 관여했다'는 사실이 드러났다. 그리하여 학생회장의 죽음과 은폐 사건은 풍과 구를 가두었던 군부 정권의 정당성에 큰 타격을 입혔고, 이는 결국 정권 규탄 시위로 이어졌다. 그해 6월부터 20여 일간 전국 각지에서 시위가 벌어졌는데, 18개 도시에서 시작된 시위는 전국 33개 도시로 확산되었다. 종교계, 재야 단체가 지지 성명을 발표함은 물론, 학생들의 시위에 일반 사무직 직장인들과 노동자들도 함께했다. 차량에 탑승한 시민들은 경적을 울리며 호응했고, 시민들은 박수를 치며 격려했다. 100여만 명이 "독재 타도"와 "민주 쟁취"를 외치며 시위에 참가했다. 3467명이 연행되었지만, 결국 이 6월의 시위로 정권은 시민들이 직접 대통령을 뽑을 수 있는 '직선제'를 받아들였다. 정권이 이 선언을 한 1987년 6월 29일, 어디선가 불어온 시원한 바람이 풍의 눈물을 닦아 주었다.

2

시대의 소용돌이에 휘말렸던 구는 그해 대학가요제에 출전하지 못했다. 예선은커녕 곡 준비마저 할 수 없었다. 그리하여 결국 다음 해 출전을 기다릴 수밖에 없었는데, 그 이듬해에 온 나라가 또 한 번 시끄러워졌다.

한 해 내내 TV를 틀기만 하면 사마란치 IOC 위원장이 다음 올림픽 개최지를 "쎄울"이라고 확정하는 영상이 나왔다. 알다시피, 올림픽을 개최한 것이다. 옆 초등학교의 학생이 굴렁쇠를 굴렸고, 나도 수많은 태권도 시범을 보이는 군중에 끼여 있었다. 어딜 가더라도 오륜기가 걸려 있었고, 학교의 선생님도 갑자기 "이제 세계 시민이 되어야 한다"며 가르치기 시작했다. 거의 모든 국민이 들떠서 올림픽을 기다렸다. 하지만 풍과 구와 옥과 밤, 우리 가족 중 누구도 올림픽에 관심을 가지지 않았다. 심지어 내가 태권도 시범단으로 개막전에 참가했지만, 가족들은 나를 응원할 뿐 국가가 하는 일엔 관심을 가지지 않았다. 그건 허위의 훈장과 총상이 남아 있는 가족만이 공유하는 정서였다. 오 중사도 내가 나오는 개막전만 TV로 볼 뿐이었다. 그는 예전에 담배를 피우며 혼자서 연주를 할 때 내뱉던 혼잣말을 좀 더 자주 했고, 구는 여전히 그가 무슨 말을 하는지 알아들을 수 없었다.

우리 가족이 올림픽을 보진 않았지만, 우리는 모두 올림픽이 열렸던 경기장에는 가 보았다. 마침내 구가 자신의 밴드를 이끌고 대학가요제에 출전했기 때문이다. 구는 6월 항쟁이 끝난 후에, 다시 밴드를 정비했다. 데모를 하느라 기타를 놓아 버려 잠시 손이 굳긴 했지만, 다시 기타를 잡으니 금세 손이 풀렸다. 확실히 몸은 머리보다 기억력이 좋았다. 예전에 미군 부대와 전국 각지를 돌아다닐 때의 실력이 반갑게도 돌아왔다. 중상이도 베이스를 연주하며 노래까지 멋지게 해낼 수 있게 되었다. 그런데 이즈음 중상이는 오 중사의 영향을 받았는지, 아니면 원래 그러고 싶었는지 헤어스타일을 웨이브 장발로 바꿨는데, 그러자 오 중사와 똑같아 보였다. 지금으로 치자면, 도플 갱어라 해도 좋을 정도였다. 간혹 합주 뒤에 소주를 마시다 취기에 젖다 보면, 멤버들은 오 중사에게 "중상아"라고 말하기도 했다.

게다가 중상이가 어릴 때 잘못 먹었다는 한약이 뒤늦게 부작용이 더욱 심해지는지 중상이는 한껏 늙기 시작했다. 사실 중상이가 늙어 보여서 그렇지 오 중사의 표현대로라면, 전 세계에서 몇 명 되지 않는 베이시스트이자 보컬리스트였다. 오 중사는 베이스 기타가 리듬과 멜로디를 동시에 담당하고 있기 때문에 이 두 개를 놓치지 않으며 노래까지 멋지게 해낼 수 있는 사람은 거의 없다고 했다. 보컬리스트이자 베이시스트인 비틀즈의 폴 매카트니나 더 폴리스의 스팅이 칭송받는 것도 다 이 때문이라 했다. 따라서 중상이는 밴드의 핵심이었고, 중상이로 인해 구의 밴드는 빛을 발할 수 있었다. 물론 중상이 덕분에 밴드의 연주력과 사운드는 더 탄탄해졌지만, 문제가 있다면 중상이가 밴드에서 너무 큰 비중을 차지하고 있었다는 것이었다.

―형. 큰일 났어요! 중상이가 교통사고를 당해 중상이 래요.

중상이는 이날 비극적인 4중 추돌 사고를 당했다. 쓸 데없는 농담을 덧붙이자면, 그나마 중상이라 다행이었 다. 자칫하면 사상(死狀)당할 뻔했다. 중상이는 곧장 병원 에 실려 가 수술을 받았는데, 본선까지 진출한 마당에 보 컬이자 베이시스트가 빠져 버리니 구의 밴드는 발등에 불 이 떨어졌다. 빌다시피 사정을 해서 리허설엔 겨우 빠지 게 됐지만, 자칫하다간 본선 무대까지 포기해야 하는 처 지였다. 하지만 지난 2년간 이날의 무대를 기다려 온 멤 버들 모두 여기서 포기할 순 없다고 여겼다. 병원에 있는 중상이를 위해서라도 이대로 물러날 순 없었다. 중상이가 쾌유되면 트로피를 들고, "88년도 대학가요제 대상에 빛 나는"이라는 멘트를 받으며 활동하기 위해서라도 반드시 무대에 올라야 했다. 이때 멤버들의 머릿속에서 섬광이 터졌다. 모두 같은 생각을 했는지, 일제히 같은 사람을 바 라봤다. 오 중사였다. 멤버 중 한 명이 참가 지원서를 꺼 내 오 중사의 얼굴 옆에 갖다 대 보았다. 지원서 속 한껏 늙어 버린 중상이의 사진은 누가 보더라도 오 중사였다.

―오 교수님! 도와주십시오.

구를 비롯한 멤버 전원이 오 중사에게 매달렸다. 오 중사는 도저히 그럴 수는 없다고 항변했다. 하지만 멤버들은 임전무퇴의 심정이었다. 어차피 연주는 오 중사가 가르친 것이니 중상이보다 더 잘할 수 있을 것이며, 노래는 수백 번 들어 봤을 테니 대충이라도 불러 달라고 했다. 사경을 헤매고 있는 중상이를 위해서, 오 중사의 유일한 제자인 중상이를 위해서, 잠시라도 무대 위에서 그의 분신이 되어 달라고 했다. 이 죄과는 앞으로 세상에 공헌하며 두고두고 갚을 것이라며, 오 중사에게 싹싹 빌었다. 이에 오 중사는 선글라스를 고쳐 쓰며 말했다.

—아, 이거 진퇴양난이 점입가경이네.

구의 밴드는 마침내 대학가요제 본선 무대에 서게 됐다. 마침 크리스마스 이브였던지라 체조 경기장을 가득 채운 관중들은 우레와 같은 박수를 쏟아 내며 참가자들을 환호했으니, 오랜 밴드 생활을 한 오 중사도 이토록 열렬한 환영을 받아 보기는 처음이었다. 그 때문이었을까. 오 중사는 자신의 뇌에서 아드레날린이 화산처럼 폭발하고, 피가 거센 폭포수처럼 흐르며, 심장이 말처럼 달리는 걸 느꼈다. 귓가에 수많은 군중들의 환호성이 들렸고, 머릿속으로는 이미 종이와 펜을 들고 사인해 달라며 쫓아올 수백 명의 여대생들이 그려졌다. 자고로 지나친 상상은 몸과 정신의 건강에 해로운 법인데, 오 중사의 심신 상태가 그러했다. 그리하여 그는 한때 자신이 순회공연을 다닐 때 풍 몰래 방에서 연기를 피워 올리며 무아지경에 빠져 연주할 때 접했던 바로 그 황홀경에 빠져들었다. 미처 정신을 차릴 틈도 없이 '두둥 두둥둥' 드럼이 힘차게 킥으로 연주를 시작하자, 오 중사는 그 환상에 젖어 시작부터 손가락에 피가 철철 날 정도로 현을 튕겼다. 그 소리가 어찌나 세게 울렸는지 오 중사의 기타에 연결된 스피커는 폭풍에 펄럭이는 국기마냥 제 심장을 쾅쾅쾅 튕겨 댔다. 동시에 드럼과 비트를 맞춰 울리는 멜로디는 듣는 이의 심장을 방망이질 치게 했다. 비록 전주뿐이었지만, 심사위원들은 도저히 캠퍼스 밴드라고는 믿기 어려울 만큼의 환상적인 연주를 듣고 눈이 농구공만 해졌다.

오 중사는 실로 오랜만에 무대에서 연주를 하고 있다는 그 흥분과 환희, 기쁨, 감동과 격정에 젖어 날아갈 것 같았다. 구도 오 중사가 5년 전 남산으로 끌려가기 전까지 고약한 냄새의 담배를 피울 때, 그때의 기분에 빠져 연주한다는 것을 눈치챘다. 구 역시 더욱 손가락을 빨리 움직이며 연주를 시작했다. 마침내 전주가 끝나고 노래가 시작되는 부분에서 오 중사는 마이크 앞에 바짝 다가갔다. 마이크를 씹어 먹을 듯이 입을 크게 벌리고, 그는 영혼에 담아 두었던 비장의 음악을 선보였다. 그러나 그 방에서의 환상에 너무 젖어 버린 것일까. 그는 이날 중상이가 부르던 곡을 부르지 않고, 예의 그 연주의 감동에 빠졌을 때 내뱉던 혼잣말을 몹시 빠른 속도로 늘어놓고야 말았다.

— 난 알았어! 이 밤이 흐르고 흐르면 널 떠나 버려야 한다는 걸, 그 사실을 알고 있었어! 사랑을 한다는 말을 못했어! 어쨌거나 지금은 너무 늦었어!

둥두 둥두 둥두 둥두. 그러면서 오 중사는 베이스 음을 연주했는데, 공연장에는 순식간에 정적이 흘렀다. 그것은 바로 '음악사가 일대 전환을 맞게 되는 커다란 혁명적 순간에 당도했다는 증거' …일리는 없었고, 단지 요상한 문화를 처음 접한 이들이 일제히 당황했다는 흔적이었다. 심사위원들은 대체 이게 뭔가 싶어 정신을 차리지 못했고, 결국 본선에서 예고 없이 곡을 바꿔 버리는 행위는 대회의 전통과 권위를 무시한 기만적 처사라며 구의 밴드를 탈락시켰다. 점수 또한 10점 만점에 6점을 겨우 넘는 초라한 수준이었다.

그 탓인지 구의 밴드 다음으로 출전한 팀은 상대적으로 굉장히 연주를 잘하고, 안정적으로 보였다. 앞머리를 한쪽만 늘어뜨린 청년이 키보드와 기타를 번갈아 치며 노래를 불렀는데, 흡사 「스타워즈」의 영화음악처럼 웅장하게 곡이 시작되었다. 결국 유한궤도라는 이 팀이 그해 대상을 받았다.

그나저나, 이날 공연이 모두 끝난 후 집으로 돌아가는 행인들 틈에는 얼굴이 하얗고 피부가 뽀얀 중학생 한 명이 끼어 있었다. 잠자리 테 안경을 쓴 학생은 영혼이 강타당한 듯 충격에 빠진 표정을 하고 있었다. 마치 혼자 열어서는 안 되는 판도라의 상자나, 세상 사람들 아무도 알지 못하는 다른 세계로 통하는 비밀의 문을 열어 버린 듯한 얼굴이었다. 여하튼, 그 중학생은 어른들에게 인사를 할 때면 이렇게 말하는 버릇이 있었다.

— 안녕하세요, 태진데요.

오 중사는 감옥에서 출소했을 때처럼 다시 한 번 고개를 떨어뜨리고, 월남에서 풍에게 했던 대사를 이번엔 아들인 구에게 했다.

— 미안하다. 미안하다 …… 구야.

물론 이날 중상에 빠진 중상 군은 자신의 곡이 어떻게 변모되었는지 알지 못한 채 병상에 누워 있었다. 다행히 한 달이 지난 후, 겨우 정신을 차리고 퇴원한 중상이는 오 중사가 자신의 곡으로 요상한 굿거리를 했다는 소식에 또 다시 실신하고 말았다. 한 달 뒤 퇴원했을 때, 중상이는 오 중사보다 더 늙어 있었다.

그리고 4년이 지난 어느 토요일 오후, 오 중사는 나와 함께 TV를 보고 있었다. 첫 방송을 한 프로그램이었는데, 한 신인 그룹이 나와서 춤을 추며 노래를 했다. 그들은 "우린 알아요!"라며 빨리 말했는데, 오 중사는 나에게 이렇게 말했다.

— 타산지석에 반면교사네.

훗날 사람들은 이 청년들의 출현을 기점으로 새로운 문화가 출현했다는 둥, 규정할 수 없는 세대가 출현했다는 둥, 한국 대중음악의 지평이 넓어졌다는 둥, 심지어 문화 대통령이 나타났다는 둥, 이런저런 말을 쏟아 냈다. 사람들에 의하면 랩을 했던 이 청년은 원래 베이스 기타를 쳤다고 한다. 다시 말하자면, 그날 오 중사도 베이스를 쳤다.

3

자, 그럼 그동안 나는 무얼 했냐고. 이제 나의 이야기를 조금 하겠다. 아버지와 오 중사가 대학가요제에 출전했던 그해, 나는 열세 살배기 초등학교 6학년생이었다. 사실, 대학가요제는 실내 공연장에서 열렸지만 풍은 어깨와 무릎에 담요를 덮어쓰고 있었다. 할아버지라 부르기에는 비록 59세밖에 안 되는 젊은 나이였지만, 김 부장의 탄환과 불곰의 고문이 풍의 남은 생애 내내 따라다녔다.

이때부터 풍은 집에 있는 시간이 길어졌고, 간혹 오래전에 죽어 버린 트랜지스터 라디오를 꺼내서 둥근 스위치를 돌려 보곤 했다. 그때마다 라디오는 딸깍, 소리만 낼 뿐, 침묵으로 일관했다. 마치 침묵의 시간 속에 오랜 세월을 새겨 온 듯했다. 풍은 이젠 숨소리마저 들리지 않는 라디오를 잠잠히 바라보았다. 할아버지가 죽어 버린 라디오를 보며 무슨 생각을 했는지는 모른다. 단지, 이런 말을 했다.

— 언아, 이 라디오는 이제 편안하겠지. 자기 이야기를 모두 끝냈으니까 말이야.

그 뒤로 내 기억 속에 남아 있는 할아버지의 모습은 생을 다한 낙엽을 보며 쓸쓸하게 어깨를 감싸던 모습, 봄바람에 떨어지는 벚꽃을 보면서도 기침하던 모습, 간혹 마루에 누워 허망하게 하늘을 오랫동안 바라보던 모습이 대부분이었다. 나는 종종 옛날이야기를 들려 달라고 했으나, 할아버지는 그때마다 조용히 웃으며 이렇게 말했다.

　―그건 정말 오랜 시간이 걸린단다. 지금은 네 이야기를 쓰렴.

　그럴 때마다 할머니가 종종 이야기를 들려주곤 했는데, 나는 언젠가 반드시 할아버지로부터 긴 이야기를 듣고 싶었다. 그리고 가능하다면 나도 할아버지의 이야기에 등장하고 싶었다. 자신이 소중하게 쌓아 온 이야기 속에 나타나는 한 명의 등장인물이 되고 싶었다. 영화가 끝나면 올라가는 자막처럼, 그 영화의 주인공과 출연 배우들의 이름이 등장하듯, 나도 할아버지의 삶에서 하나의 소중한 자막이고 싶었다.

　사실 나는 할아버지가 "네 이야기를 쓰렴"이라고 하신 게 무슨 말인지 잘 몰랐다. 하지만 이듬해 중학교에 입학하자, 그 뜻은 금세 이해되었다. 세상은 내 이야기를 쓰기에도 좁았고, 무척 흥미진진했다. 나는 주말마다 롤라장에 갔다. 거기서 듀란듀란을 들었고, 보이 조지를 들었고, 전영록의 「불티」도 들었다. 간혹, 오 중사와 아버지가 녹음했다는 곡도 흘러나왔다. 이즈음 나는 「영웅본색」을 비롯한 홍콩 영화에 빠져들었는데, 오 중사는 내가 영화를 보고 집에 돌아가면 언제나 다 안다는 듯이 선글라스를 낀 채 성냥개비를 질근질근 씹고 있었다.

아, 한번은 롤라장에서 '펑클파마'를 한 고등학생들이 내게 가진 돈이 있으면 다 내놓으라고 했다. 그때 내가 짝사랑하던 여학생이 멀리서 지켜보고 있었으므로, 나는 가당치도 않게 용기를 내어 형들에게 덤볐다. 혹시나 싶어 할아버지가 알려 준 대로, 이렇게 외치면서.

— 바아아아아아아아아암!

믿기 어렵겠지만, 나는 그날 36대 1로 격전을 벌였고, 내가 공중에 뛰어올라 360도 회전차기를 할 때마다, 내 발에 맞은 '청재킷'과 '펑클파마'와 '비비화', 즉 불량배들이 땅에 후두두둑 떨어졌다. 살충제를 맞아 떨어진 파리 떼처럼 불량배들이 바닥에서 파닥거릴 때, 주머니에 손을 넣어 보니 십 원짜리 동전이 하나 있었다. 나는 그 십 원을 바닥에 던지며 말했다.

— 자, 십 원 나왔네. 어떡할래? 나한테 백 대 때릴 거야?

물론, 나는 할아버지와 나의 아버지가 그랬던 것처럼 거짓말은 전혀 하지 않는다. 이쯤 되면 당신은 기다릴지도 모르겠다. 곧이어 김일성이 죽고, 성수대교가 무너지고, 삼풍백화점이 무너졌다는 이야기를. 그리고 그 모든 역사의 현장에 다시 한 번 풍이 있었다는 걸. 그리하여 더 악화될 수 있는 참사를 영웅적으로 막아 냈다는 것을. 자, 결론부터 말하자면 우리는 이 모든 사건을 뉴스로 보았다. 할아버지도 할머니도 아버지도 어머니도 TV 앞에 앉아서 "이런, 이런" 탄식을 내뱉으며 역사적 순간들을 지켜봤다. 그렇기에 나는 오히려 믿었는지도 모르겠다. 나의 할아버지와 나의 아버지가 세상 사람들이 말하는 것처럼, 허풍과 허구가 아니라, 단지 역사 속에 살아온 개인일 뿐이었다는 것을. 나 역시 할아버지 탓에 허언이라 불리지만, 다시 말하자면 나의 본명은 이언이다.

아, 당신이 우리 가족만큼 궁금해할 사람이 있을지도 모르겠다. 「우린 알아요」를 부른 그룹이 등장했을 때, 나는 고등학교 1학년이었다. 이즈음 30년만 늦게 태어났더라면 대학로에서 연극배우를 해도 손색이 없었을 앞잡이는 타고난 연기력으로 옥중에서 완벽한 모범수로 분했다. 그는 그해 광복절 특사로 풀려났는데, 아니나 다를까 예의 그 화술과 현란한 사기술로 사람들을 모았다. 그해 그는 이렇게 말하고 다녔다.

— 10월에 지구가 종말합니다.

이미 여러 차례 실패를 경험한 바 있는 앞잡이는 이번엔 철저히 준비를 했다. 그 탓인지 그가 설립했다는 정체불명의 종교 단체는 온 나라를 떠들썩하게 했다. 물론, 앞잡이는 월남에서 그랬던 것처럼 이번에도 자신의 정체를 철저히 숨겼다. 그 덕에 무수한 헌금을 챙기고 자신이 종말로 지목했던 10월 26일에 아무 일도 일어나지 않자, 그는 광복 전에 중도에서 사라졌던 것처럼 사라져 버렸다.

그 후, 사람들 말로는 떼돈을 벌게 해 준다는 말에 어딘가에서 숙박까지 하며 설명회를 들었는데, 거기서 피라미드 그림을 가리키며 땀 흘리며 설명하는 사내의 눈 밑에 둥근 상처가 나 있었다고 했다. 그가 열변을 토하며 몸을 움직일 때, 바지 앞섶이 펄럭이는 걸 봤다는 사람도 있었다. 그 후, 몇 년 뒤 그 사람을 다시 본 자가 있었는데, 그때는 행인들에게 이렇게 묻고 다녔다고 한다.
— 눈망울이 참 고우세요. 혹시, 도를 아십니까?

나는 아버지를 닮아서인지 대학을 늦게 갔다. 그렇다고 해서 아버지처럼 10년이나 지나서 간 건 아니고, 재수를 했다. 그 탓에 1996년도에 한 대학의 법학과에 입학했는데, 이제 할아버지와 아버지의 운명이 내게로 전이됐는지, 내가 가는 곳마다 사건·사고가 터졌다. 애석하게도, 벚꽃이 흩날리는 1996년 새 학기의 봄, 함께 시위를 하던 친구가 진압대에게 맞아 죽어 버렸다. 그해 여름 전국을 떠들썩하게 우리 학교에서는 장기간의 시위가 벌어졌는데, 방학을 마치고 학교에 돌아가 보니 학교 건물이 부서져 있었고, 건물 곳곳이 불에 탄 흔적도 있었다. 개강을 하고도 강의실의 많은 책상은 빈자리로 있었다. 잡혀간 친구들도 있었고, 회의를 느끼고 학교에 나오지 않는 친구들도 있었다. 우리는 할아버지가, 그리고 아버지가 살아왔던 것과는 다른 방식으로 살아가고 있는 것일까. 나는 궁금했다. 그리고 아버지가 싸워 왔던 것처럼 나도 싸우고 있는 것일까. 지금 이 싸움은 유효한 싸움일까. 그러다 문득, 의문이 들었다. 할아버지는 왜 싸우지 않은 것일까. 할아버지는 왜 한평생 용서만 하면서 지낸 것일까. 다른 사람도 아닌, 시대의 고통을 정면으로 맞닥뜨리고 누구보다 고통당한 할아버지가 싸우지 않은 것에 대해 참을 수 없어, 나는 따지듯이 물어봤다. 그때, 할아버지는 이렇게 말했다.

─아니다. 나도 싸운단다. 나는 너를 통해 싸우고 있단다.

나는 할아버지의 말을 이해할 수 없었다. 나를 통해서 싸운다니, 그게 무슨 말인가. 할아버지가 내가 투쟁하도록, 내가 주장하도록 응원이라도 한 적이 있단 말인가. 그러나 나는 이 긴 이야기를 옮겨 적고 난 뒤에야 깨달았다. 그의 투쟁 방식은 이야기였다. 그는 세상에 자신이 살아온 이야기를 남기는 것으로 투쟁을 해 온 것이다. 그가 우리에게 남겨 준 유일한 유산이 이야기였듯이, 그가 남겨 준 가장 위대한 유산 역시 이야기였다. 그 이야기야말로 그가 진정으로 사랑한 것이었고, 진정으로 아꼈던 것이었다.

역시 삶은 이야기였다. 그것은 어떤 이에게는 단지 이력서에 몇 줄 써질 경력에 불과하겠지만, 어떤 이에게는 밤하늘의 별처럼 잠들지 않게 하며, 이불을 덮고서도 그 속에 빠져 새벽을 맞게 하는, 즉 살아 있는 동안만큼은 누구에게나 자신을 주인공으로 하여 여전히 흘러가고 있기에, 또 하루를 온전히 살게 하는 바로 그 이야기였다. 그렇기에 삶은 그 사람의 묘비에 새겨질 몇 줄의 이야기였고, 그 사람의 후손들 입에 담겨질 영웅담과 추억이었고, 어떤 이에게는 이름만으로도 눈물 맺히는 사연이었다.

그 모든 것이 그 사람이 써 온 이야기였고, 그 사람이 꿈꿔 온 이야기였고, 그 사람이 지우고 싶은 이야기다. 짧건 길건 인생을 살아온 자라면, 누구라도 자신이 지나온 삶을 퇴고하고 싶어할지 모른다. 나는 그렇기에 내일이 있다고 생각한다. 퇴고할 수 없기에, 다시 쓸 하루 치의 원고지가 매일 우리 앞에 펼쳐지는 것이다.

할아버지는 병상에 누운 어느 날 내게 라디오를 한번 켜 보라고 했다. 나는 이 라디오가 아주 오래된 것이고 실은 죽어 버린 것이란 걸 잘 알고 있었다. 그러나 할아버지의 말을 믿고 아무런 기대 없이 둥근 스위치를 돌렸다. 죽은 라디오는 딸깍, 소리를 내더니, 역시나 아무 소리도 내지 않았다. 버거운 숨소리나 기침 소리마저 없어, 차라리 공기의 소리가 들릴 것 같았다. 할아버지는 침대에 누워 서글픈 눈으로 천장을 바라보았다. 할아버지는 자신의 죽음을 예행연습이라도 하듯, 눈동자를 찬찬히 굴려 보았다. 나는 무슨 말이든 하고 싶었으나, 어떤 말을 해야 할지 알 수 없었다. 할아버지는 자신에게 남아 있는 기운을 끌어내 "으으으음" 하고 목청을 울렸다. 허밍이었다. 할아버지는 허밍으로 「애수의 소야곡」을 부르고 있었다. 그런데, 그때 거짓말처럼 지지지직, 하는 소리가 희미하게 새어 나왔다. 그리고, 잠시 동안 아주 잠시 동안 라디오에서 할아버지의 허밍에 맞춰 음악이 흘러나왔다. 할아버지는 순간 모든 생명의 빛이 응축된 듯 눈동자를 밝혔다. 웃고 있는 할아버지의 그 눈가를 타고 눈물이 흘러내렸다. 라디오는 잠시 되살아났던 순간의 거짓말처럼 다시 지지 지직, 하더니, 할아버지와 함께했던 기나긴 세월에 끝내 마침표를 찍었다. 할아버지는 젖은 눈으로 희미하게 웃어 보였다.

*

병상에 누운 할아버지는 우리와 완전한 작별을 하기 하루 전, 나를 찾았다. 그리고 자신의 신체에 남은 모든 에너지를 끌어내듯 힘겹게 입을 열었다. 그는 자신에게 부여된 남은 호흡을 아껴 가며 입을 열었다.

─잘 들어…… 잘 들어야 해…….

그리고 그는 가쁜 숨을 몰아쉬며 말을 이었다. 어느덧 그에게 사라지던 생기가 서서히 회복되기 시작했다.

─내가 태어나던 해인 1930년에는 말이야, 불세출의 영웅들이 우후죽순 격으로 여기저기서 태어났어. 일단 프랑스의 철학자인 자크 데리다가 7월 15일에 태어났지. 그리고 그보다 달포하고 보름 앞서 미국에선 클린트 이스트우드가 태어났어. 나는 8월 15일에 태어났는데, 생각해 보니 내 생일을 기념하기 위해 우리가 그날에 광복한 것 같

아. 나보다 사흘 늦게 태어난 동생이 있는데, 시를 잘 썼지. 이름이 신동엽이라고, 시를 참 잘 써. 아, 저 멀리 태평양과 대서양을 넘어 스코틀랜드에서도 잘생긴 동생이 태어났지, 숀 코너리라고…………

풍의 역사가 시작되었다. 그리고 할아버지의 입이 힘차게, 아주 힘차게 움직이기 시작했다.

-끝-

최민석

2010년 단편소설 「시티투어버스를 탈취하라」로
창비신인소설상을 받으며 작품 활동을 시작했다.
쓴 책으로는 장편소설 『능력자』, 『쿨한 여자』,
소설집 『시티투어버스를 탈취하라』, 에세이집
『청춘, 방황, 좌절, 그리고 눈물의 대서사시』 등이 있으며,
2012년 오늘의 작가상을 수상했다.

풍의
역사

1판 1쇄 찍음 2014년 9월 1일
1판 1쇄 펴냄 2014년 9월 5일

지은이   최민석
발행인   박근섭·박상준
펴낸곳   (주)민음사

출판등록 1966. 5. 19. 제16-490호
주소   (135-887)서울특별시 강남구 도산대로1길 62(신사동)
          강남출판문화센터 5층
대표전화 515-2000 | 팩시밀리 515-2007
홈페이지 www.minumsa.com

ISBN 978-89-374-8946-4 (03810)